娘子出任務

下

文創風
1287

莫顏 著

風文創 1287

目錄

第十六章

于飛告訴虞巧巧，北上路程辛苦，怕她吃苦。

她原本不把這事當一回事，也不放在心上，結果這一路騎下來，越往北走，天氣越不穩。

颳風下雨還打雷！

六扇門的男人出差在外，不怕日曬雨淋，就算日曬雨淋，行囊也都有準備。

雨勢即將滂沱而下，眾人趕緊找了棵樹避雨，男人們全穿上蓑衣、戴蓑帽，唯獨虞巧巧和菁兒兩人沒有，正尷尬時，有人將蓑衣往她身上一罩。

她轉頭，瞧見于飛深邃的目光。

「穿上。」

「那你呢？」

「我無妨，早習慣了。」

她不願，這會顯得好像自己給他添麻煩，想拒絕，他卻容不得她說不。

「我負責帶隊，路上不准任何人有閃失，妳是我邀來的，我必須確保妳不會拖累大夥兒，聽我的，穿上。」

一直以來，他對她都是客氣而溫柔，可此時的他卻展現出馬隊頭兒的氣場，讓她瞧見了他的強硬和堅持。

她看著他沈靜的眼，點頭。「知道了。」

這時候確實不宜矯情，她明白于飛為何堅持，他不只要照顧她，還要顧及所有團隊人員，掌握大局，給她雨具，並不是兒女情長的討好她。

他們有重大任務在身，不是出來玩的，平時兩人獨處，他或許會把她當妻子，對她呵護照顧，但此時他把她當成了自己的隊員，在照顧她的同時，也避免她拖累其他人。

他是個好領隊。

于飛見她心領神會，唇角微勾，轉頭對鍾泰道：「把你的蓑衣給她。」指著菁兒。

鍾泰立即照做，將蓑衣塞到菁兒手裡。「穿上。」同樣是命令的語氣。

菁兒被塞了蓑衣，瞧了虞巧巧一眼，見她點頭，便默默地穿上。

六扇門的蓑衣質料更好，內裡縫有防水的羊皮，還能防寒。

于飛和鍾泰將蓑衣給了她們後，便從馬袋裡拿出披風穿在身上。

這披風也有防水、防寒的功能。

虞巧巧心中恍悟，六扇門的捕快經年累月在外頭出差，因此準備外出用的東西不少。

在樹下稍作休整後，于飛帶頭，策馬奔出，領著眾人繼續趕路，總算在城門關閉前入了城。

今晚宿在城中的客棧。

大夥兒都是冒雨連夜趕路來的，一到客棧，只想趕快洗個痛快的澡。

客棧似乎早知道他們要來，房間都已包下，店小二領著大夥兒往後院走。

客棧前頭是飯館和廂房，後頭才是院子，于飛他們包下的是更有隱密性的院子，分成東西兩院，鍾泰等人住西院，于飛領著虞巧巧和菁兒先去東院。

由於東西兩院分開，各自有露天的大浴房，于飛將東院浴房讓給她們，自己則去了西院的浴房。

兩人漱洗好後，便回到自己屋中，這時候有人來敲門。

「夫人，給您送衣服來了。」門外傳來女子的聲音。

菁兒打開門，來人介紹自己是客棧掌櫃的婆娘，她帶了兩位婆子過來，說是奉了于官爺之命給她們送乾淨的衣服。

不僅如此，掌櫃婆娘還要收走她們換洗的衣物，讓粗使婆子們去洗，晾到明早，衣服就乾了。

「這都是于官爺吩咐的。」

掌櫃婆娘笑咪咪的，看到小倆口恩愛的樣子，她也喜不自勝。

虞巧巧也故作嬌羞地矜持了下。「他人呢？」

「官爺在西院，夫人可要我去找？」

「不了，麻煩送點吃食來。」

「灶房在做了，等會兒就送來，這是官爺的衣衫。」

虞巧巧瞧見男人的衫袍，隨意道：「直接送到他的屋子就行了。」

掌櫃婆娘笑笑的應著。「是。」回頭吩咐粗使婆子。「送到那間房去。」手指著三間中最大的那間。

「等等。」虞巧巧制止。「我是說，送他屋子去就行了。」

掌櫃婆娘和粗使婆子都一臉疑惑。

「官爺的房間……不是這間嗎？」

這下輪到虞巧巧愣了。「他沒告訴妳，他住哪一間？」

掌櫃婆娘心中奇怪，但面上仍保持笑臉。「官爺說，問夫人就知道了。」

虞巧巧終於反應過來，他打算今晚住這裡？

掌櫃婆娘還在等她的回應，她便故作恍悟。「喔對了，瞧我這記性，菁兒，把姑爺的衫袍拿去屋裡頭。」

「是，夫人。」菁兒從其中一位粗使婆子手中接過，便朝內屋走去，又將她們換下來的衣物收好，便退出了屋子。

虞巧巧被分配到的這間院子有單獨的花園，一進屋後，便是花廳，花廳連接三間廂房，一間是書房，案桌上備有文房四寶和琴棋書畫，另外兩間則有床榻。

虞巧巧一進屋，就當這整個宅子就是分配給自己的，從來沒想過要和于飛同房，直到此刻。

這裡有三間房，確實夠他們三人睡。

虞巧巧勾起唇角，他這是打算一步一步接近，縮短兩人的距離哪。

她無所謂，屋子是他安排的，銀子是他付的，他想睡這裡就睡唄，反正到了晚上門一關，他總不可能破門而入吧？

況且，她也很好奇他想如何接近她？總不可能直截了當的跟她說，要兩人同房吧？她覺得這男人要面子，還不至於厚臉皮地說出來。

過了一刻，店小二將吃食送來，放在花廳的圓桌上，五菜一湯，外加一壺酒。

彷彿踩著用膳的時間點，于飛回來了。

在西院浴房洗去一身風塵的他，卸下了黑色玄武服和長褲皮靴，身上穿的是寬鬆的衣衫長袍，一頭剛洗好的長髮僅用束帶綁在身後。

這樣的他，少了肅殺之氣，多了溫文儒雅的風流。

虞巧巧心想，這男人很懂得在她面前展現不同風貌，不知是本來就會，還是學她的？

不管如何，她都很享受男人肯花心思來引起她的注意，而她也很捧場，多看了他幾眼，作為鼓勵。

兩人一起坐下來用膳，菁兒在一旁為兩人布菜，然後便拿著自己的飯碗去旁邊吃。

飯席間，于飛對她解說城裡的狀況。

他們已經進入福臨縣，福臨縣是彭知府的地盤，接下來他們會以此地作為據點去打探消息，所以會待上一段不算短的時間。

事關彭知府，所以虞巧巧也很用心聽，希望能知道多一點消息。

「因此……」話題忽然一轉，于飛正色道：「雖然咱們儘量低調，但也要防著彭知府的眼線，為了安全起見，這期間咱們最好住在隔壁，一來我可以放心，二來真有什麼事，我可以立即照應妳。」

不得不說，這個理由很光明正大，讓人沒有拒絕的道理，甚至還要感謝他的窩心。

她一臉感動。「給你添麻煩了，其實我可以照顧自己的。」

他說：「妳我夫妻，不必客氣，我理當負責妳的安危。」

他的目光直視著她，深黑的眼瞳裡映著她的影子。

虞巧巧垂下目光，心想，這傢伙也挺會搞曖昧的，不知是不是喝了點小酒的關係，她的臉有些熱。

這頓燭光晚餐，燈光美，氣氛佳，令人愉悅。

她故意打了個呵欠。「吃飽了，我有些累了，想休息了。」

于飛便叫人來收拾，掌櫃婆娘帶著店小二來收拾時，還多瞧了他們一眼，一副你倆真是男俊女俏、天生絕配的欣慰表情。

待一切收拾好，虞巧巧故意問：「有三間屋子，你要睡哪間？」

「都行，妳決定。」

「我和菁兒一起睡較大的那間，其他兩間給你挑，如何？」

他深深地看了她一眼，點頭。「可。」

房間分配就這麼決定了，她起身回到其中一間房，房裡的床夠大，還有一張軟榻，夠她和菁兒睡得舒服。

于飛一直看著她走進房，才邁步進自己的房間。

一連三日，白日他與鍾泰等人出去辦事，她知道他們是去探查，到了傍晚用膳之前回來。

席間，他會跟她說說城中一些趣事，但對於調查彭知府一事，他只說了大概，意思很明白，屬於機密之事，他不能多說。

虞巧巧很想知道他的計劃，他曾提過，對於彭知府，他要「借刀殺人」，到底是借誰的刀？

可惜這人的嘴巴太牢，就是不肯透漏一二。

其實，虞巧巧心中也有她的計量，隨他北上，除了想藉他來打探彭知府之事，也要看看能不能從中謀點利益。

當日她從于飛的話中猜到他要借刀殺人時，其實她心中也冒出了一個主意。

她也想借刀殺人——借六扇門的刀。

彭知府作惡多端，貪贓枉法，虞巧巧當初接生意時，不管有沒有賞金，都想殺這個人，淫賊可恨，但彭知府更可恨，為官作惡，禍連三千，受害人更多。

彭知府不只貪墨，他還買賣人口，做紫河車的生意。

出賞銀的人想殺彭知府，就是紫河車的受害家屬。

用現代的話說，紫河車就是賣活人器官，比販毒更可恨千萬倍！

像這樣的社會敗類，千刀萬剮也不足惜，不過話說回來，彭知府要殺，黑岩派的安全也要顧，畢竟彭知府是官府中人，她不想跟官府為敵，所以不能讓人知道是黑岩派幹的，她得想一想。

該怎麼從于飛口中套出話來呢？

晚上，虞巧巧躺在床上，腦子想的都是這個問題。

用美人計嗎？

她知道于飛對她有意，從他的眼神和似有若無的親密舉止，不難看出他想接近她，但又十分克制，而她對他其實並不排斥，甚至覺得這男人很有魅力。

心思百轉中，她不知不覺睡著了。

半夜，虞巧巧被外頭一陣瓶子碎裂聲驚醒了，她整個人跳起來。

「莊主？」睡在軟榻上的菁兒也嚇醒了。

虞巧巧立即跳下床，飛奔過去，將菁兒拉到床底下。「躲著，別出來！」接著拿下掛在牆上的刀，衝了出去。

一出去，就見到于飛與人兵戎相見，他一個人對付七個黑衣人，她立刻上前加入戰局。

有了她的助陣，于飛如虎添翼，屋內狹窄，反倒有利於近身搏鬥，虞巧巧抄出短刃，一抹一劃，一閃一轉，很快在對方四人身上劃出傷口。

雖不至死，但靜脈血管劃破，反而會降低敵方的戰力。

兩人合作，成功斬殺了四人，剩下三人見勢不妙，其中一人高喊。

「撤！」

想逃？虞巧巧當然不肯，怎麼樣都要抓到活口，立即追去。

「不可！」

于飛大喊的同時，人已經衝上來抱住她往地上滾，與此同時，她聽到了爆炸聲。

虞巧巧被他護在懷裡，她的手摸到一股冰涼的液體，舉手一看，上頭沾的是血。

于飛的血。

她愣住了。

來到古代，沒有槍炮，沒有科技，因此乍然聽到類似開槍的聲音，她懷疑自己耳朵聽錯了。

門外傳來匆匆的腳步聲。

「于哥！」是鍾泰的聲音。

她猛然回神。「這裡！」

鍾泰和兩名六扇門捕快衝進花廳，火把照亮屋子，見到一地狼藉，也見到趴在虞巧巧懷裡的于飛。

「他受傷了。」她說。

鍾泰大驚，三人立即上前將于飛扶起來。

于飛傷在背部，上頭皮開肉綻，黏著破碎的衣，在火光照耀下，血肉模糊，看起來著實可怖。

虞巧巧抿緊唇，擰眉看向鍾泰。

「那是什麼武器？」

「霹靂丸。」

果然！那是火藥製的小型炸彈，虞巧巧心情沈重，沒想到這個時代已經有火藥了。

回想適才驚險的一幕，若不是于飛，她就算不死，也已經毀容或失明了。

鍾泰告訴她，賊人來得不少，趁半夜他們熟睡時偷襲，晚上巡夜的兩名弟兄已死，來不及通知他們，幸虧他們警醒過來，及時反抗，但也因此損失五名弟兄。

對方實力不小，人多，又偷襲不備，因此一場混戰下來，還能活下來已經算不錯了，他們畢竟是六扇門的精英，實力不可小覷，全憑著多年來在危險中淬鍊出的經驗，逃過這場死劫。

于飛暫時無生命危險，他只是背部受傷，多虧他抱著她迅速躲開，以肉身護她，才免於這場死劫。

于飛只是一時昏了過去，當他醒過來時，一旁守候的鍾泰是第一個發現的。

「于哥！」他驚喜喚道，連帶其他在一旁打盹的弟兄們也醒來了，全都聚了過來。

其實大夥兒身上都有大大小小的傷，但都是輕傷，只有于飛傷勢較重。

于飛背部的傷口已經給大夫看過，也抹了藥。

于飛一醒來，立即全神戒備，如一頭恢復意識的猛虎，目光凌厲，鍾泰立即向他告知大致情況。

于飛掃視一圈，抓住他的手腕。「你嫂子呢？」

「放心，她沒事，她去轉一圈，看看能不能查到什麼，石錦跟著她呢。」

鍾泰說這話時，臉上帶著打趣的笑，因為他根本不認為虞巧巧能查到什麼。賊人功夫不弱，來得多，他們能保命已經算不錯了，根本沒機會抓活口。

鍾泰他們辦案主要靠的是人證，人證有活口和死人。

若捉到活口，就嚴刑拷問。

若是死人，就從死人身上找物證。

至於物證，頂多是辦案的線索，屬於輔助性質，因此他們不明白「第一現場」的重要性。

虞巧巧若要找出任何蛛絲馬跡，從第一現場找是最快的，她住的東院已經看過了，接著去鍾泰他們住的西院，為了她的安全，鍾泰讓石錦跟著她去。

他們這些人從未想過也未抱期望，虞巧巧去逛一圈能找到什麼？

不過就是打鬥混亂的現場以及躺在地上的死人罷了，那些死人他們都搜過了，唯一能找的物證只有霹靂丸而已。

于飛聽說她去查看現場，心中一動，立即要去找她。

鍾泰一眾兄弟跟著于飛一塊兒去西院，到了西院，瞧見其他弟兄圍了一圈，見他來，便讓開一條通道。

于飛等人瞧見的畫面便是，虞巧巧正蹲在地上，查看死人。

「……」鍾泰一行人知道嫂子膽子大，但沒想到她膽子大到去翻看死人，而且看得很認真。

于飛知道她的底細，他勾起唇角，心想黑岩派刺客的膽子當然不會小。

他走到她身旁，蹲下來跟著她一起查看。

「查到什麼？」

虞巧巧聞言，驚訝地轉頭，瞧見于飛，她眉頭緊擰，不高興地命令。

「腦震盪的人不該下床，快回去休息。」

現場一陣安靜，外加人人一臉問號。

腦震盪？

虞巧巧見于飛一臉怔然，其他人也是，她便給大夥兒解釋一下什麼叫做腦震盪。于飛之所以暈過去，是因為用肉身擋住霹靂丸爆炸後的衝擊，接著又用肉身護住她，摔在地上，那時候肯定磕到頭了。

頭受到意外撞擊，當下沒什麼感覺，但有沒有後遺症也不知道。

「跟我回房去。」她抓住他的手腕，拉他起身，轉身帶他回房。

于飛先是一怔，但他沒有阻止，任由她拉著自己的手腕，轉頭丟給鍾泰一個眼神，後續由他處理。

在眾目睽睽下，大夥兒便目送他們的于哥，乖乖跟著媳婦兒回房。

有人打趣說：「沒想到于哥這麼聽嫂子的話！」

鍾泰道：「你沒瞧，一路上于哥多照顧媳婦兒。」

石錦道：「你們是沒瞧見，嫂子搜查死人時可一點都不怕，那架勢，簡直比衙門仵作還厲害！」

「有查出什麼嗎？」

「我正想問呢，結果你們就來了。」

要知道答案，就只能問于哥了。

虞巧巧拉著于飛回到屋裡，菁兒正在收拾花廳。

「別收拾了，這裡剛死人呢，咱們得另外找安全的住處，妳去浴房打水來。」

「是。」菁兒匆匆去了。

虞巧巧回頭對于飛道：「讓我看看你的傷。」

她的手伸過來，解開他的外衫衣襟，露出男人結實的胸膛，她仔細查看，卻發現沒有一塊傷口，不禁疑惑地抬眼，正好對上他垂下凝望的眼。

他的目光太過熾熱，讓周圍的溫度都提高了幾許，她怔了怔，忽然覺得這氣氛太過曖昧，原本抓住衣襟的手正要放開，反被他抓住，包在掌心裡，將她的人拉得更近。

這是第一次，他的眼神透露出明顯的慾望，灼人的目光彷彿要在她臉上盯出一把火。

她心跳有些快，同時納悶自己做了什麼？她只不過是想看看他的傷，並沒有做出勾引的動作呀，怎麼他就……發情了？

兩人都沒動，這曖昧的氣氛大約僵持了一會兒，他才低啞地開口。

「傷在背後……」

虞巧巧回神，恍然大悟，「喔」了一聲，想要換個方向，但手還被他抓著，她又看向他。

他盯著她良久，終於放開她的手。

她繞到他的背後，當瞧見大片面積的血肉時，忍不住倒吸了口氣，雖然已經上了膏藥，但依然能看出傷口的嚴重程度。

「對不起……」

他轉過身來，看著她愧疚的表情。

「放心，沒傷到筋骨，看起來嚴重，其實只是皮肉傷。」

她仍是一臉懊惱，頗為自責，心情變得沈重，對她來說，犯這個錯誤，害到夥伴，是不可原諒的。

于飛卻見不得她這鬱悶的表情，伸手揉開她眉心的褶皺。

「其實我很高興，幸好救得及時，要不然就傷了這張美麗的臉，我可不允，我這背傷，很值得。」

她聽得動容，抬眼看他，原本以為他安排住在隔壁是另有心思，現在看來，是她誤會他了。

原來他是真的擔心她的安危，想護著她。

于飛原本揉著她的眉心，見她盯著自己，凝視的美眸裡似有晶光閃爍。

他的手頓了下，指腹緩緩下滑，掌心試探地撫上她的臉。

她沒有躲開。

于飛直直盯著她，感到喉頭有些渴，他低下臉，鼻息緩緩接近，瞧見她的睫毛因為他的逼近而有些顫動，但她依然沒有躲開。

他心中一熱，薄唇貼上她的唇，柔軟的觸感好似花瓣。

他從小心翼翼的試探、撩撥，到慢慢親吻，最終將她抱在懷裡，加深了這個吻，品嚐到她嘴裡的甘甜。

第十七章

忙了一整個晚上後，隔日，石錦負責去找人收屍，鍾泰去找新的安置地點，畢竟原來住的地方已經不安全，混戰中，許多家具都已毀損，地上、牆上各處都沾了血，門板也壞了，因此也不適合再繼續住。

不到半日，鍾泰就找到新住處，拿著六扇門的令牌，向一位富戶借用一處空出來的宅子。

三進的宅子，左右都有廂房，分前後院，六扇門捕快住前院，于飛帶著虞巧巧和菁兒住到後院。

這次虞巧巧完全沒有異議，于飛受傷了，兩人住在後院，也方便她為他換藥和打理吃食瑣事。

她是個有情有義的人，于飛不顧自己的安危救了她，她當然要義不容辭地照顧他。

況且所有人都知道他倆是夫妻，丈夫受傷了，做妻子的不照顧他實在說不過去，就拿他不顧自己性命護她的這種義氣，莫說夫妻了，就算不是夫妻，她也會不眠不休地照顧他。

「這是生機丸，補血用的；這是救死扶傷丸，救命用的，這兩顆你都吞下去，放心，沒有副作用，這可是好東西，我本來留著以備不時之需，現在剛好給你派上用場。」

解說完畢，她將兩顆藥丸放在掌心中遞給他，一抬頭，便對上他火辣辣凝視的笑臉。

自從兩人接過吻後，他看她的眼神就不再掩飾了。

「我很高興，妳這麼關心我。」大掌包覆住她拿著藥丸的手，輕輕揉捏著。

她鎮定道：「這傷是因我而起，我當然要表示關心了。」

「就只有這樣？」

虞巧巧眨眨眼，故意裝傻。「不然呢？」

于飛的視線落在她的唇上，目光裡的慾望赤裸裸。

反正屋內就他們兩人，他也不裝了，低頭索吻。

虞巧巧直接將藥丸塞到他嘴裡，堵住他欲欺來的唇。

「吃藥。」她命令。

于飛嘴裡被塞了藥丸，只能訕訕地打住，眼裡多了一些怨。

虞巧巧忍住笑，一本正經地說：「這可是好藥，別家買不到的，若沒有交情，對方才不賣呢。」

「他是大夫？」

「是，而且醫術高明。」

于飛知道她說的是誰——梅冷月，那位江湖神醫。

當初他找到她的桃花莊後，就暗地裡去查了。

他看著妻子，當她提到那男人時，臉現得意之色，而他想到梅冷月那張比女人還漂亮的容貌……

于飛突然覺得有些牙酸，黑無崖、梅冷月，還有那位對他暗藏醋意的護衛阿立，于飛發現自己的情敵還挺多的。

好不容易因為救她一次才得到一親芳澤的機會，但他不敢太逼她。

他很清楚，這女人太有主見，不能以一般女子對待，得循序漸進，就像溫水煮青蛙，慢慢熬。

虞巧巧不知他心中所想，只關心他的傷。「來換藥吧，大夫說了，你一天要換藥三次。」

他黑眸閃過明亮。「有勞夫人了。」他很自然地脫下外衫，露出精壯結實的胸膛。換藥步驟頗費工夫，清水擦拭、刮掉壞死的肉、將血擦乾、塗上一層藥膏、綁上布條等等，一日反覆三次。

于飛心想，她願意幫他換藥，而不是找他人代勞，表示他在她心中的分量比以往高，但是……

他從旁觀察，發現她面對他赤裸的上半身，十分鎮定。

嗯……這不是好事。

虞巧巧換完藥後，收拾一番，轉頭對他道：「我去廚房看看湯藥燉得如何，等會兒再過來。」轉身便出了屋子。

她一出屋，左右看了看，確定四下無人後，便像缺氧似的做了個深呼吸。

別看她那麼鎮定，其實她是裝的！

她雙手撫著臉頰，腦子裡都是于飛打赤膊的畫面，光看上半身，就知道這男人的身材有多好。

六塊腹肌、公狗腰，性感得要死！

換藥時，男人灼灼的目光像一把火在燒著她的臉，多虧她訓練有素才能沈住氣，佯裝一副淡然處之的模樣。

先前那個吻把她吻得全身好似通了電，她現在一想到那唇舌交纏的親密，就覺得全身發燙。

她一直以為，他對她不過就是有些好感、看得順眼罷了，所以才會有意無意地撩撥她，就像她也會撩他一般。

直到他奮不顧身救她，她才知道，他對她的情感，並非只是生出興趣而已。

他心裡有她。

理智的情報人員不會輕易動心，但是一顆真心卻容易打動他們，因為在看多了人性險惡後，更明白世間真心難得。

患難見真情，他在患難之際以身護她。

她得承認，他這一招英雄救美還真打動了她的心，讓她對他開始心軟。

唉……這不是好事。

人一旦動了心，事情就複雜了。

她有些苦惱，當初願意嫁他是因為自己對他無心，所以可以瀟灑地接受他的條件嫁給他。

婚姻對她來說不過就是一個儀式罷了，行則合，不行則分。

可是如今，當她知道他心裡裝著她，對她是認真的，認真到願意冒著性命危險護她，她就沒那麼淡定了。

那個情不自禁的吻就是她心動的證明，但是吻都吻了，又不能賴帳，總不能跟他說，那個吻不算，咱們還是保持距離吧？

若她真這麼說，她都覺得自己太渣。

刺客怎能嫁捕快？當初眾人對她發出這個疑問時，她還不當回事，甚至信誓旦旦地把嫁給六扇門的好處講給眾人聽。

她還盤算著利用人家六扇門的身分想辦法套出機密呢，現在可好，人家推心置腹地待她，她怎麼好意思再利用人家呢？

這就是虞巧巧苦惱的原因，她對他變得心軟、變得在乎，心軟就不忍心欺騙，在乎就怕他知道真相。

「刺客怎能嫁捕快呢……」她揉著太陽穴，喃喃自語。

虞巧巧說要去廚房看藥，其實是藉口離開，她需要一個人冷靜地想一想。

她走到廚房，菁兒在廚房燉藥，鍾泰則來到後院。

「于哥。」他站在屋外喚道。

「她不在，你進來。」

鍾泰得了于飛的允准，這才邁步進屋。

他是來彙報後續情況的，石錦負責找人收屍，他們的人死了五個，這筆帳不報不行。

「能知道咱們的落腳處，又敢找人來殺咱們，除了彭知府，沒有別人。」鍾泰咬牙道。

談到正事，于飛收起綺思，立即恢復成那個肅殺冷硬的六扇門捕快。

「他敢對付咱們，也是仗著有二皇子當靠山，打從咱們出京時，肯定有人把這消息傳遞給他，若無二皇子的授意，他敢動咱們？」

他們六扇門可是連三品大官見了都要禮遇幾分，區區一個知府小官膽敢不把他們放在眼裡，倚仗的就是二皇子這個背後勢力。

鍾泰咬牙道：「咱們損失了五名弟兄，這筆帳非讓他加倍奉還不可。」

于飛冷道：「放心，弟兄們不會白白送命，對方也沒占到便宜，死傷比咱們更嚴重。」

鍾泰仍是含恨。「可惜沒抓到活口。」

于飛卻笑了。「死人身上，也一樣可以查。」

鍾泰聽了，目光一亮。「可有查出什麼？」

于飛想到妻子當時專注查看每具屍身的模樣，他知道，她必是有什麼特殊之法可以從死人身上找線索，他就是有這種感覺，就像他一樣，有一個異於常人的鼻子，可以聞到別人聞不出的氣味。

他與她，身上都藏著秘密。

「待你嫂子回來，我問問她。」

虞巧巧拿了藥盅回來，便瞧見兩個男人都盯著她。

鍾泰笑得咧開嘴角。「嫂子，您來得正好。」

這是鍾泰第一回對她笑得如此燦爛，虞巧巧立即警覺，狐疑地看向于飛。

于飛伸手將他的藥盅拿過來，鍾泰則去關門，于飛一口喝光藥盅，令她瞪大眼。

那藥加了黃連，苦死人了好嗎！他居然面不改色的喝光？

鍾泰連忙幫她挪張凳子。「嫂子請坐，別客氣。」

她跟他客氣什麼？這是她的房間耶。

于飛對她解釋。「鍾泰他們想知道，妳昨日在屍體身上是否查出什麼線索？」

虞巧巧恍然大悟，難怪這兩人一直盯著她，原來是想知道這事。

她確實在死人身上查出了線索，正巧，她也正要告訴他們呢，只是不久前急著找新住處，大夥兒太累，她也就沒提了。

「他們每個人的牙齒裡都裝了一顆藥丸，依我猜，那應該是毒藥。」

毒藥是萬一殺手任務失敗時，咬破封蠟，吞下毒藥，避免受不了嚴刑拷問而洩漏幕後主使者的來歷。

虞巧巧很樂意助他們一臂之力，畢竟她也是受害者，一想到當時她差點被毀容，這筆帳，她也打算好好跟彭知府和他背後的主使者算一算。

這件事，她和于飛他們站在同一陣線。

鍾泰奇怪地問：「查到毒藥能做什麼？」

「可以找它的出處。」

在現代，專業人員可以根據對方的子彈來找出相關線索，同理可證，古代的毒藥並不流行，像這種用特殊封蠟的毒藥製作精細，能完全將毒藥包住，又能咬破後立即讓人毒發身亡的，肯定需要專業又高超的手藝。

「妳那位大夫可以從毒藥找出源頭？」于飛突然想到她給他吃的藥丸，她說過那人醫術高明。

虞巧巧笑看他，目露欣賞。「這麼快就猜到，不愧是……」不愧是她老公。

呃？她陡然一怔，在于飛和鍾泰狐疑的目光下，她趕忙接話。「不愧是江湖人稱的笑面虎。」

好險，她差點說溜嘴。

鍾泰聞言，對她高看了幾許。「若真是如此，便太好了，製作毒藥的人肯定是他們的手下，若能將他們抓起來，蒐集的人證越多，對咱們辦案越有利。」

虞巧巧打包票。「行，交給我。」

這事就這麼定了，于飛對鍾泰道：「你和石錦今晚去盯著義莊，肯定有人夜探。」

對方既然派了殺手過來，必然想知道六扇門死的有哪些人。

兩個男人商討接下來要查的事，于飛轉頭對她道：「妳不是想知道我們對付彭知府，要如何借刀殺人嗎？我現在告訴妳，我們決定用江湖人，行江湖事。」

她一聽就懂。「江湖人不受朝廷管束，用江湖人的名義，辦成了，就是六扇門的功勞；辦砸了，就推給江湖人。」

于飛點頭。「沒錯。」

鍾泰讚許道：「難怪于哥總誇嫂子是個聰明人。」

虞巧巧謙虛了一番，心想，那是因為這方法她已經在用了。

她成立黑岩派，虛構出黑無崖這個人，目的就是要規避風險。

任務成功，就是黑無崖的功勞；任務失敗，就推給黑無崖，朝廷通緝或仇人找來都是針對黑無崖，跟她虞巧巧無關。

于飛這個計劃跟她的黑無崖有異曲同工之妙，她和于飛在這方面其實挺像的。

兩個男人又繼續商討，她一開始沒想太多，安靜地在一邊旁聽，但是沒多久，她越聽越覺得不妙。

這兩人從彭知府說到了朝廷，說到刑部大人受皇帝密令，又說到二皇子和外家勾結的大秘密。

她瞪大眼，這是國家機密吧？不該讓她聽吧？

「我先出去好了。」她自動地站起身要走。

「不必。」兩個男人同時開口。

于飛的大掌握住她的手，不讓她起身。「妳聽聽無妨。」

「嫂子是女中豪傑、是自己人，這次也多虧嫂子相助，咱們聽于哥說了，嫂子的功夫了得，招式出其不意，七人對付你們兩人都占不了好處，還反殺他們四人。」鍾泰舉起拇指，大肆稱讚，他態度大方，絲毫沒有恭維之色，真心誠意的讚美。

她面上謙虛幾句，但心下哀號，她是刺客啊！她不想聽行不行啊！

當她想套消息的時候，他們嘴巴緊得很，現在她不想聽了，偏偏這兩人定要說予她聽。

于飛握住她的手就不放了，她想抽回，他便抓得更緊，甚至還揉一揉、捏一捏，把玩她的手。

她斜眼瞟他，在鍾泰面前，他一本正經，案桌下的手卻霸道的不規矩。

她抽不出來，便乾脆用力捏他，他反倒將她抓得更緊，甚至還用另一隻手輕輕撫著她的手臂，好似在說：寶貝，別鬧，乖乖的啊。

乖你個頭！

虞巧巧輕咬著唇，在鍾泰面前，她又不能對他翻臉。

好歹……好歹自家男人在別人面前也是要給他面子的，他是這些弟兄的頭兒，不能讓別人覺得他懼內。

她沒發現，自己不但對他開始心軟，還為他著想了。

唉！想當初，他們討論一些機密時，于飛他們還會避著她，而鍾泰和石錦等人對待她的態度是當她是于飛的妻子而給予尊重。

經過這場暗殺後，不只于飛對她全心信任，連鍾泰都把她當成夥伴了。

她不知是該高興，還是該傷腦筋？

她希望他們避著她，但同時又高興他們信任她。

虞巧巧再度苦惱，萬一哪天他們突然知道她的身分怎麼辦？

到時他們會用什麼眼光看她？而于飛，當他知道自己娶了一個刺客，這個刺客還是通緝榜上的刺客，他還願意用深情的目光看著她嗎？還願意溫柔待她嗎？或者願意用生命護著她嗎？

她禁不住看向他，他神情肅穆，察覺到她的目光，他偏頭給了她一個溫柔的微笑。

「……」她好想逃啊！

把該聽的、不該聽的全部聽完後，兩個男人終於商量結束，鍾泰起身向他們告辭。

「我回去和弟兄們說。」

「告訴他們，明日出發。」

「好咧！」鍾泰轉向她拱手，恭敬道：「對不起嫂子，打擾您和于哥了。」

虞巧巧揮手。「哪兒的話，都是自己人……」她一噎，完了，不小心就說溜嘴。

鍾泰再度笑得咧開嘴。「行！那就不跟嫂子客氣了！」

告別了兩人，鍾泰轉身出了房門。

人一走，虞巧巧立即對某人不客氣了。

「說話就說話，幹麼捏我手！」她反捏回去，很用力，會捏出青紫的那種。

于飛低笑，讓她捏個夠。

「放手！」

他依然在笑，只當她是耍小女子脾氣。

她冷下臉。「于飛，放、手！」

他一怔，看著她冷冰冰的臉色，放開了她。

「抱歉，是我逾越了，妳別生氣。」他突然低聲下氣的跟她道歉，也讓她意識到，自己是不是太過了？

明知他是在跟自己玩鬧，而她也不知哪來的脾氣，硬是跟他較真了。

她想說，我不是在氣你，我只是煩心，可惜她沒機會說，于飛便轉身離開了。

接下來一整日，于飛都沒有來找她，她以為用飯時就會見到他，但並沒有，于飛派人送來飯菜給她和菁兒。

送飯菜的人叫做曹東。

「于哥說，嫂子妳們先用，于哥還在前頭跟弟兄們商議事情呢。」

這是不打算與她一起用飯了，說不清心裡什麼滋味，她只道：「知道了。」

菁兒上前接過盤子，端回屋裡。

待曹東離開，虞巧巧與菁兒一起用飯，她心情有些悶，現在想想，她也有些後悔，當時似乎反應太過，他一個大男人被她拒絕，難免面子掛不住。

菁兒擅長察言觀色，小心地問：「大姑娘與姑爺吵架了？」

虞巧巧瞥了她一眼，收回目光。「才沒有。」她吃了幾口飯，想了想，反過來問菁兒。「為何會認為我跟他吵架了？」

「大姑娘一副心事重重的樣子，況且姑爺平日都會陪您吃飯，這回卻沒有，若不是姑爺惹大姑娘不高興，就是大姑娘惹姑爺不高興，但是我覺得姑爺心胸沒有那麼狹窄，他不會生大姑娘的氣，因此肯定是大姑娘不高興了，所以姑爺才沒來。」

虞巧巧直直瞪著她，菁兒小心地問：「我說錯了？」

不，完全正確。

真沒想到連菁兒都能猜中，虞巧巧放下筷子問菁兒。

「那妳說說，我該不該叫他回來吃飯？」

「應該是大姑娘說說，為何生姑爺的氣？」

「我沒生他的氣，我就是……」她抿了抿唇，下面的話她不知該怎麼解釋，思來想去，最後歸納為一個字。

「煩。」她憤憤道：「我心煩。」

「大姑娘在煩什麼？」

她煩的事可多了，煩將來東窗事發怎麼辦？煩到時會不會拖累于飛？煩為何當時答應要嫁給他？煩她自己為什麼要這麼煩？

「大姑娘喜歡姑爺嗎？」

虞巧巧頓住，接著瞪了她一眼，更正道：「是他喜歡我。」

菁兒差點笑出來，只得用力憋著，大姑娘這話說得分明是此地無銀三百兩，看來她是喜歡姑爺的。

虞巧巧哪能看不出她在憋笑，沒好氣地問：「莫說我，說說妳吧，梅冷月各方面條件那麼好，妳為何看不上？」

菁兒頓住，接著塞了一口飯，含糊道：「因為我不想嫁人。」是不想嫁人，但沒說不喜歡，這兩者是不同的概念。

虞巧巧卻很想弄個明白，追問道：「別告訴我妳是在乎臉上的斑，梅冷月可沒在意，而我覺得妳也不是自慚形穢的人，況且妳不像我，我和妳姑爺之間夾著身分上的問題，為了大夥兒，所以我必須小心謹慎，所以才煩，但妳和梅冷月可沒有身分的問題。」

在虞巧巧的逼視下，菁兒沒辦法，硬著頭皮說：「我是奴婢，他是神醫呢。」

「少來，我可沒有讓妳為奴，妳也不是奴籍，是良民。」

菁兒說不過她，兩三口扒完飯，站起身。「我去洗碗。」竟是逃之夭夭了。

虞巧巧啐罵一句。「嘖！出息！」

她大口大口地吃，就算心煩也別餓肚子。

她懶得再想那些有的沒的，反正船到橋頭自然直。

這時，門簾突然被掀開，有人走了進來，她沒抬眼，只是丟了一句。「不是吃完了，怎麼又回來了？」

來人頓了下，緩緩開口。「尚未進食。」

虞巧巧驚訝地抬眼，沒想到進來的是于飛，這一驚，把她給噎住了。

「咳咳咳——」

他立刻去倒了杯水給她，並輕輕拍她的背。「吃慢點，放心，我不會跟妳搶。」

誰擔心他搶了！虞巧巧拿過水杯，喝了一大口，這才覺得喉嚨舒服了一些。

她以為他不回來吃了，誰知他只是晚點回來。

于飛落坐，很自然地拿起放在一旁未用過的碗筷，彷彿沒事似的用飯。

他甚至還挾了一塊肉給她。

「來，多吃點。」

先前兩人才不歡而散，他這會兒卻好似沒事似的坐在那裡，甚至嘴角還能掛著微笑。

見她一臉狐疑地看他，他率先開口問道：「可還生我的氣？」

「……」她發現，這男人一先低頭，她就不氣了。

在她沒反應過來時，感覺到手上一暖，是他的大掌覆蓋住她的。

「夫妻床頭吵、床尾和，咱們是夫妻，以後夫人有事好好跟為夫說，別跟為夫置氣了。」

「……」

好樣的，能屈能伸大丈夫，又懂得溫柔小意，她都不知道該如何拒絕他了。

「吃飯吧。」她催促，匆匆收回手，拿起筷子低頭吃著。

于飛也繼續用飯。

她不知道，于飛早看出來，她有意拉開兩人的距離。

他不允。

好不容易一親芳澤，他看得出來，她並不排拒他，甚至她對他也是有意的，卻故意對他冷淡。

他思來想去，終於想通一件事。

她怕是礙於身分，因此對他有所顧忌和保留。

他想到她的身不由己，就跟那些殺手一樣，恐怕也是受制於人，不得不與他保持距離。

至於那個控制她的人，除了黑岩派掌門黑無崖，別無他人。
她以為她掩藏得很好，但其實她的為難、她的掙扎，他都看在眼裡。
想到此，于飛晔底閃過冷意。
只有抓到黑無崖，才能讓她脫離刺客組織，不再受到威脅。
為此，他勢必得抓到黑無崖不可。

第十八章

隔日，于飛與鍾泰等弟兄們即將出發，按照昨日商討的計劃去行事。

「妳給我吃的藥似乎生效了，好得快，我已經不疼了，我不在的這三日，妳好好照顧自己，這住處很安全，妳不用擔心。」

虞巧巧確實擔心他，但話到嘴邊，被她生生吞了回去，改口道：「放心，我會照顧自己，你自去忙吧。」

于飛看著她，忽然伸手扶上她的後腦，在她額上印下一吻。「等我回來。」丟下這句，便轉身大步而去，跳上了馬。

眾捕快們紛紛上了馬，于飛看了她一眼，勾著唇，扯動韁繩，策馬領著眾人而去。

虞巧巧措手不及地被他親了額頭，尚未回神，他人就走了，留她一人在原地燙紅了耳根子。

想不到這傢伙還會搞偷襲！

她心裡腹誹他，但連她自己都沒發現，她的唇角是上揚的。

直到目送他們一行人的身影消失，她和菁兒才轉身進了屋。

當于飛他們忙著調查時，她也不想閒著。

她帶著菁兒在城中轉了一圈，假裝是去採買，其實是去打聽消息。

城中也有線人，專門做傳遞消息的生意，她第一天入城，便把自己所在的位置傳遞回桃花莊。

傳遞消息也有分價格，便宜的要等好幾日，信件隨商隊出發；快的，派人騎馬專程送，價格就比較高。若還要更快的，那就是用信鴿了。

對方高價收了她的銀兩，將紙條封蠟，綁在信鴿腳上，她和于飛他們跑馬五、六天的路程，信鴿兩天就能到達。

信鴿將她的消息帶到京城附近的據點，再由京城的線人將紙條送到莊子上。

「可有回信？」

線人認得她，知道是自己的客戶。

「等著。」線人進了屋，過了一會兒，將一個封蠟的紙條遞給她。

虞巧巧打開，看完內容，勾起嘴角，將紙條拿到一旁點火燒掉，然後丟了一錠銀子給對方。

「賞你的。」

「謝夫人！」線人笑得見牙不見眼。

虞巧巧帶著愉快的心情從內屋走出，菁兒在前堂等她，前堂人多，有不少百姓拿著信件排隊等候，櫃檯上寫著商隊出發的日子，大夥兒都等著要把信件交給商隊送出。

虞巧巧尋找菁兒的身影，她要告訴菁兒，阿誠在信上說，他們當天收到她的消息便即刻出發了。

虞巧巧環視一圈，終於在角落找到菁兒，卻是一愣。

只見菁兒縮在牆角，臉色發白，身子緊繃。

虞巧巧臉色微變，快速朝菁兒走去。

「菁兒！」她抓住菁兒的手腕，引得菁兒猛然抬頭看她。「怎麼回事？」

菁兒的手在發抖，臉色蒼白，唇瓣上有齒痕，令她驚訝。

咬唇是人在緊張時，會不自覺做出的動作。

菁兒在緊張？

看到虞巧巧，菁兒似乎才回過神來。

「……我沒事，只是人太多，所以不適罷了。」

虞巧巧聽了，雖然半信半疑，也只能先拉著她往外走，卻感覺到菁兒的抗拒。

虞巧巧驚訝地回頭。

「大姑娘，菁兒、菁兒走不動，咱們坐馬車可好……」

她們來時是用走的，因為虞巧巧想到處看看，因此走走停停是最方便的，知道菁兒不舒服，她便去叫了一輛馬車過來。

兩人上了馬車後，虞巧巧伸手拿下菁兒頭上的遮面帽，不禁訝然。

菁兒臉色蒼白，看似真的不適，虞巧巧向梅冷月學過把脈，立即伸手按住菁兒的脈象，瞧瞧她是否生病了。

脈象還沒看出，倒是摸出了她的顫抖。

虞巧巧抬頭，就見菁兒心虛地縮回手，擠出一個笑臉。

「我沒事，就是有些累，休息一下就好了。」

虞巧巧看出菁兒在說謊。

明明心生恐懼，卻要掩飾，她在遮掩什麼？害怕什麼？

虞巧巧直覺菁兒有事瞞著她。

接下來幾日，虞巧巧觀察菁兒，似乎除了那一日的異樣之外，接下來便恢復了平常的她，做事勤快，有說有笑，唯獨一事，便是她不再出門了。

「菁兒跟著大姑娘住在桃花莊，莊子裡都是熟悉的人，有山有水，享福慣了，突然進城，到處都是人，所以菁兒不適應罷了。」菁兒這麼跟她解釋，並且摸摸自己臉上的斑。

「菁兒自知醜陋，因此出門都得遮面，那一日菁兒在前堂等大姑娘時，因為人多，被一名婦人撞掉了遮面帽，他們瞧見了菁兒的醜陋，都露出厭惡的神情，人生地不熟的，菁兒害怕……」

她為自己當時的蒼白臉色和顫抖的手做了解釋。

這理由很有說服力，聽起來也十分合理，但虞巧巧與菁兒長期相處，有時一整天都在一起，菁兒的每一個細微的情緒，虞巧巧都瞭如指掌。

當一個人對另一個人十分熟悉之後，對方的態度突然產生異樣，是可以感覺得出來的，更何況，人在說謊時，會有一些不安的動作。

菁兒不安時，習慣垂下目光，手指捏著衣角。

她以為她的理由很有說服力，卻不知道，這正是她的謊話最大的漏洞。

菁兒跟著她多年，從來不在意自己臉上的醜斑，她甚至可以大方地秀給別人看，並且無視他人對她容貌的冷嘲熱諷。

虞巧巧回想抓淫賊的那一日，菁兒都能面不改色地把臉上的妝粉擦掉，面對鍾泰、面對其他六扇門捕快，都能夠視若無睹，冷靜自持，又豈會在乎一般百姓的目光？

虞巧巧將她所有反應看在眼底，不再追問。

當一個情報人員起疑時，便是不動聲色。

這事有待查個明白。

菁兒耍自閉不肯出門，虞巧巧也不勉強她，這幾日她便自己出門，繼續大街小巷地逛，逛累了便去茶樓喝茶，一坐就是一、兩個時辰。

她生得美，茶樓掌櫃也不趕她，讓她想坐多久就坐多久，甚至還幫她留了二樓靠窗的好位置，並附贈一盤剛炒好的瓜子。

期間有不少自命風流的公子上前搭訕，若是其他女子，肯定不會給他們好臉色，但虞巧巧不是其他女子，她是現代人。

人家來搭訕，她便大方地跟對方聊了起來，一知道對方是在地人，便開始打聽消息。

物盡其用，人盡其才，虞巧巧生活在刀光劍影中，又豈會怕一個紈袴子弟？相反的，她把搭訕的男人們當成休閒娛樂。
遇到長得不錯的就多聊一聊，喝個幾杯也行，就當對方是坐檯男公關。
遇到心黑的在她酒裡下藥，她就跟對方玩換酒杯的遊戲，然後要對方挑一杯酒來喝，把對方嚇跑。
遇到更下流的，叫自己的家丁把她圍住，仗著人多勢眾要她陪酒，把她當成了青樓酒家女。
她也不生氣，反倒笑得豔光四射，拿出一把匕首，把對方伸來的鹹豬手按在桌上玩起遊戲，刀尖在五根指縫中快速遊走，把對方嚇出一身冷汗。
對方出了糗，惱羞成怒，命家丁將她帶走。
虞巧巧的匕首在掌中轉了個圈，握住、橫切、直劃、斜插，沒有花俏的招式，專朝人體各部位的靜脈攻擊。
不會致死，但會把人嚇死。
那些家丁們摀住自己的傷口，鮮血染紅了衣衫，顯得觸目驚心，把他們嚇得臉都白了，對眼前的美人產生了恐懼。他們就不明白，美人不過是左右一劃而已，怎麼就讓他們人人重傷了？

最後紈袴子弟和家丁們跌跌撞撞地逃走，虞巧巧有點後悔，她不該這麼快就把對方嚇跑，起碼要打個幾場練練筋骨才對。

她不但把紈袴子弟嚇跑，也把茶樓的客人都嚇跑了，就連茶樓掌櫃也戰戰兢兢地不敢收她的銀子。

最後，她將茶錢放在桌上，起身離開。

可惜她不會輕功，這時候若是點地飛起，留下一個神秘的背影給大眾多好，而不是在眾人恐懼的目光下，慢慢走路離開。

虞巧巧不知道，她在茶樓所發生的一切都被暗衛一字不漏地彙報給于飛。

于飛一行人如約三日後回來。

他先去了浴房，洗完澡，他便來到她屋裡，進門時，妻子正坐在梳妝檯前，菁兒在為她梳髮。

美人抬眼，一雙美眸望向他，兩人的目光在空中相撞，彼此都從對方的眼中瞧見了思念。

真奇怪，才三日不見，她竟對他有了思念。

虞巧巧收回目光，垂下眼簾。

于飛雖然離開了三日，卻暗中命令暗衛守著她，因此他不在的時候，她的一言一行，他也能瞭如指掌。

暗衛的彙報讓他明白一件事，對於男人的調戲，她非但不在乎，還大膽地反調戲回去，她高興時，就跟對方說說話；不高興了，就直接開打。

暗衛形容她的身手，還比劃給他看。

「她的身手很快，沒有花樣，就這麼一斜一劃，那些人就全倒了。」

虞巧巧對付那些登徒子的手段，在于飛腦中變成一幅幅立體的畫面。

又潑又悍，膽大心細，還懂得調戲男人，但她的調戲並不放蕩，似乎只是一種看戲的惡趣味。

這樣的虞巧巧，讓他心頭一熱。

他走上前，從菁兒手中拿過木梳，親自為她梳理一頭青絲。

于飛是大姑娘的丈夫，大姑娘又沒有反對，菁兒便退到一旁去整理床鋪。

不過菁兒此時的心情沈重，只是她一直忍耐著、隱藏著，不讓他人看出來。

那日，她在外頭瞧見了一個熟人，當那男人的面孔出現在她的視線範圍時，她真的嚇到了。

想到他，菁兒胸口緊縮了下，覺得呼吸有些困難。

可怕的過往再度浮現在腦海，周家數十口人全死了，只有她逃了出來，而她能逃出來，全多虧臉上這道醜斑。

她撫上自己的臉，心想，有這道斑，那些人應該不會認出她來吧？

有多少年了？她已經很久沒想起過去那段驚險的日子。

菁兒不是她的真名，她本名叫周靜，是官家小姐。

她爹爹是周知縣，而她娘是元配，就生了她這麼一個女兒，在她七歲時，她爹帶回一女一子，女人是她爹在外頭養的外室，給他生了一個兒子。

她娘是正經人家出身，知書達禮，得知丈夫在外頭養女人後，受到不小的打擊。

娶妻納妾本是常事，但她爹瞞著她娘養了青樓花魁，還為那青樓女花了不少銀錢，不顧妻子反對，為青樓女除去賤籍，帶回家中。

她娘出自書香世家，當初嫁給她爹算是下嫁，只因她爹為人俊俏，又有才氣，將來必能中舉，她娘心儀她爹，便與之成親，哪知她爹中舉後，當了一方父母官，心卻野了。

爹娘往日恩愛不再，她娘有世家女子的尊嚴，從此不准她爹再踏入房門，此舉反而讓那青樓花魁得了便宜，攏住了她爹的心，從此周知縣不再踏入正妻屋中，亦冷落她這個女兒。

那時候菁兒，也就是周靜年僅十二歲，陪著天天以淚洗面的娘親，心中忿忿不平，為此找上爹理論，誰知她爹卻賞她一個巴掌，說她不孝。

這一巴掌打碎了周知縣在她心中的形象，也打碎了她的心。

這是她第一次恨自己身為女子，不能為她娘作主。

自此母女倆相依為命，在周家成了最沈默的存在，最終她娘鬱鬱寡歡，一病不起，撒手人寰。

臨終前她娘告訴她，永遠不要相信男人，尤其是英俊的男人。

這句話成了她娘的遺言，也在她心中扎了根。

周靜恨她爹、恨那個小妾，可是她什麼都做不了，她自幼養在深閨，琴棋書畫皆通，是個最規矩不過的官家小姐，然而娘親死後，卻是她蛻變成長的開始。

青樓小妾成為正妻，也成了她的繼母，在繼母的搓磨下，周靜學會了低頭做人，學會了伺候人，學會了察言觀色，更學會了很多粗使活兒。

她更沒想到，這些磨難最終養成了她的堅毅，成為她自食其力的救命能力。

周靜十四歲時，被她爹許給一位武官做繼室。

她的繼弟取笑她說那位武官是個蠻夫，他的前一任就是被他折磨死的。

周靜至此心死，決定逃跑。

幸虧她娘臨死前怕她保不住嫁妝，給她留下足夠的銀錢傍身，周靜有點小聰明，她假裝窩在閨房待嫁，安靜地繡著繡品，其實是偷偷將銀子和金子繡在衣裳的內裡，這些都是上路的盤纏。

在她逃跑的那一夜，周家出事了。

大批的陌生人闖入周家，二話不說，見人就砍。

周靜躲在院子裡，嚇得噤聲，所有在屋內熟睡的人都醒了，尖叫著、哭喊著，那些人一見到活人就殺，一個都不留。

她親眼見到她的繼母為了活命，不顧羞恥，自願以身侍人，當著丈夫的面被三個男人同時玩弄，結束後一刀抹了脖子，赤身裸體躺在地上，連死都得不到尊嚴。

周靜嚇白了臉，多虧她事先藏在院子裡，那些男人沒看到她，只往屋子裡搜人。

周靜早就想好了逃跑的路線，當她悄悄遠離那些人時，她聽到他們的說話聲——

「少了一個人，周家還有一個女兒，她不見了！」

「不好！快找，肯定藏在附近！」

「斬草除根！絕不能留活口！」

周靜不再猶豫，從草叢掩蓋的狗洞鑽了出去，然後，她成了通緝犯。

衙門的通緝榜上說她殺了所有周家人，一把火燒了周家，大街小巷還貼有她的畫像。

周靜看著畫像，心生絕望。

她成了殺人通緝犯，若被抓到，生不如死。

她暫時躲藏在一座小廟裡，如今全城通緝，她一個弱女子根本逃不出城，那些人遲早會搜到這座小廟。

她又餓又累，絕望之際，決定了結自己。

聽說野生的菇都是有毒的，她遂摘了野菇，盡數吞下，沒多久，腹痛如絞，失去了意識。

醒來後，她發現自己在一戶人家裡，救她的是一名婦人。

她全身虛弱，說不出話來，沒多久，官差找上門來，她以為自己完了，卻沒想到官差只是看了她一眼便離開了。

周靜不明所以，事後才知道，那些官差之所以沒認出她，是因為她臉上多了一道斑。

原來她本欲吞野菇自盡，結果陰錯陽差，那野菇反倒救了她一命。

從此，她隱姓埋名，使銀子找人牙子幫她弄了一張路引，遠離家鄉，以「菁兒」之名一邊幫人幹活，一邊養活自己。

直到她遇見大姑娘。

過往在菁兒腦海裡一一浮現，她以為可以脫離那段過去，可那日在街上，她瞧見了那個男人——她記得他，因為是他拿著刀抹了繼母的脖子。

那男人冷酷的嘴臉似惡夢纏身，她以為今生今世可以擺脫那些可怕的人，但是那男人的出現等於在提醒她，她是個被通緝的殺人犯。

菁兒閉上眼，雙手交握，壓抑著身子的顫抖。

這個秘密她不敢告訴任何人，包括大姑娘。

「嗯……唔……」

女人的嬌嗔猛然將菁兒從惡夢般的回憶裡拉了回來，她疑惑地回頭，這一回頭不得了，整個人驚呆了。

姑爺和大姑娘兩人正在親吻。

菁兒腦袋一空，霎時羞得不知如何是好，哪裡還記得過去的惡夢，而是慌亂無章地摀著臉，匆匆退到門外，跨出門檻時還趔趄了下，差點被絆倒，突然想到什麼，又急急回來把門帶上。

菁兒整張臉都是熱的，又驚訝又不敢置信，大姑娘和姑爺什麼時候好上了？

第十九章

虞巧巧沒想到，怎麼頭髮梳著梳著，兩人就親上了？

不對，是他搞偷襲！她這次可沒勾引他！

她應該要拒絕，可是……她發現自己捨不得，對他越來越硬不起心腸，但若任由這情形發展下去，她怕最後事情曝光，局面無法收拾。

她知道他想要她，她其實也被他吻得心猿意馬，可是……可是……她到底是該拒絕他，還是答應他呢？

正當她又陷入兩難的掙扎時，于飛突然停下這個吻，將她緊緊摟在懷中，低啞的開口。

「對不起，三日未見，才會一時情難自禁，我逾矩了。」

虞巧巧此時心情十分複雜，他能打住倒省了她的麻煩，只不過……她是該高興，還是該遺憾呢？

唉，他越是這樣寵她、讓她，她就越對他捨不得，她對這個懷抱已經有了依戀。

兩人都沒說話，靜靜地抱了一會兒，平復彼此的呼吸。

于飛拿起梳子，再度為她梳理一頭青絲。

他動作溫柔，就像丈夫樂於照顧妻子。

「這三日，妳過得可好？」于飛率先打破沈默，但是低啞的嗓音還殘留未過的激情，旖旎的氣氛瀰漫在兩人之間。

她喉頭也很乾，臉蛋還燒著，暗暗吞了下口水，才鎮定地回答。

「沒事，都在練功。」其實是每天出去打探消息、喝茶、修理紈袴子弟。

「你呢？傷勢可恢復了？」

「結痂了。」

「這麼快？」這才幾天而已。

「如果不信，妳要不要親自看看？」

喂！要不要這麼會撩啊！現在這時候脫衣給她看到六塊腹肌，兩人還不擦槍走火？

「不用，我信你。」她趕忙說，還真怕他在自己面前把上衣脫了。

男人靜了會兒，接著低低的笑了。

她這才恍悟，原來他是故意逗她的，不禁氣得打他。

男人抓住她的拳頭，包裹在掌心裡。

「妳放心，我不會強迫妳，我會等到妳願意為止。」

她怔住，從懷裡抬頭看他，他也低頭，與她目光相交，黑眸裡是一片揉碎的柔光。

他的笑容，一直很誘人。

「你說真的？只要我不願，就不會逼我？」

「是。」

虞巧巧鬆了口氣。「太好了，那我就放心了。」她的手貼上他的胸膛，摸摸那結實的肌肉。「知道你如此自律，我就不怕了，老實說，我早就想摸了。」

「……」于飛突然有種拿石頭砸自己腳的感覺。

她開心地用臉去蹭他的胸口，她不占他的身子，不讓他失了貞操，就不算欺騙他的感情吧？

當初她說了不成親，也勸他退親，是他開出條件說服她，藉此應付雙方家長的逼婚，她才同意的。

她沒去勾引他，也沒色誘他，是他一直黏上來，還找到她莊子上，她可沒用情感逼他來。

她不住他的家、不吃他家的飯、沒用他家的銀子、沒給他養，完全沒占他家一分一毫的便宜。

她心中坦蕩，完全靠自己，不靠男人，若是將來他知道了真相，那也不能怪她，因為她一開始就拒絕了。

想到這裡，她也看開了，如果到了必須面對真相的那一天，她會同意和離。反正，他長得帥，前途光明，再娶個貌美的妻子不是問題。目前，就這樣吧。

她自己想得豁達，以為兩人都是成年人，該分就分，絕不拖泥帶水，卻忽略了有一種男人，一旦盯上獵物就咬死不放。

于飛看似對親事淡漠，實則是對另一伴的選擇十分看重。

他在外頭步步為營，冒著生命危險去抓犯人，其辛苦不可言喻，因此對於自己的枕邊人反而十分重視，這也是為何他會退親三次的原因。

初次見到虞巧巧，她身上就有一股奇妙的魅力吸引著他。

所謂的初次，不是他去虞家見她的那一次，而是兩人在馬巍坡交手的初次，他連她的真容都沒見到，就已經將她記在心裡，記住了她的「味道」，因此在虞家見到她，嗅出了她的味道時，他就決定要「抓住」她了。
不是捕快抓犯人，而是獵人看到獵物時那種強烈想捕獲的慾望，那是第一次，他想擁有某個女人。
虞巧巧並不知曉，在古代，奇人異士之所以多是由於環境的造就，像他們這些練功夫的古代能人或是江湖異士，因為自幼專注在習武上，相當於一生努力在開發身體的潛能。
沒有科技的原始時代，個人能力才是生存的最佳保障，人體其實有無限潛能，只要長期開發，潛力一旦被開發出來，就會超越平凡。
古代習武的江湖人，就像是大自然中的野生動物。
老鷹在高空能見到百里之外的一點動靜，雁鳥能循著陸地上升氣流以幫助飛翔，蝴蝶能穿越千里而不迷路，熊和蛇能不吃不喝地冬眠，狐狸能夠夜間視物，蝙蝠以聲波代表視覺。
這些特有的能力，都是環境造就而衍生的潛力。
于飛有一項異能，便是嗅覺，他特有的敏銳嗅覺像狼一樣，能讓他找到獵物。
虞巧巧就吃虧在她不知道于飛有異於常人的嗅覺，而于飛則吃虧在他不知曉虞巧巧是穿來的異地靈魂。

明明來自不同空間的兩人，卻有著相似的職業背景，他們兩人其實都能感覺到對方身上擁有與自己相似的氣息。

那氣息，叫做同類。

他們彼此深深吸引著。

虞巧巧願意放手，但于飛可不願意。

他非但不願意，還要想辦法牢牢掌握著，明知她的刺客身分，他仍是義無反顧地娶她，可見他一旦做了選擇，就不會輕易放棄。

她不知道，為了完全擁有她，他已經在布局了。

他要她脫離黑無崖的掌控，他于飛的妻子，豈是別的男人可以隨意控制的。

于飛和一票六扇門弟兄仍出去查案，虞巧巧也沒閒著，菁兒聽到大姑娘又要出門，便開始躊躇不安。

虞巧巧知道她有秘密，也不多問，只道：「我自己出去就行了，妳留在這裡吧。」

菁兒聽了鬆一口氣，虞巧巧看在眼底，也不說破，照例來到茶樓，聽聽南北往來的消息。

茶樓掌櫃遇到她，猶如接待大官，恭敬地請她到樓上臨窗視野最好的一間，她照例點了一壺茶和一盤茶點，結果離開時，掌櫃不敢收她的銀子，連連搖手。

「夫人大駕光臨，敝店蓬蓽生輝，是小的榮幸。」掌櫃又是哈腰、又是拱手，就是不肯收她的銀子。

「這怎麼好意思？」

「夫人有所不知，自從昨日夫人教訓了那幾人，實在是大快人心。」

「哦？你不嫌我壞了你的店？」

「當然不。」掌櫃正色道：「那些人作惡多端，為禍不少人，昨日夫人露這麼一手，短期之內，怕是不敢再出來危害人們了。」

虞巧巧好奇問：「那些人是誰？」

掌櫃仔細打量她，試探地問：「夫人是外地來的？」

「是啊。」

「難怪……」掌櫃恍悟，接著露出憂心之色。

「怎麼了？難道那些人不能惹？」

茶樓掌櫃左右看了下，刻意壓低聲量。「夫人有所不知，昨日那位公子是地方上的地頭蛇，背後大有來頭，他……是彭知府的人。」

虞巧巧驚訝。「當真？」

這個秘密，掌櫃已經憋很久了，如今總算可以跟人說一說，加上對方行俠仗義，他實在不忍心見她大禍臨頭，便想提醒一番。

他告訴虞巧巧，那位紈袴子弟是彭知府在外頭養的私生子，彭知府若知道自家兒子被欺負了，肯定會派人將人抓了。

「哈！太好了！」

掌櫃不明所以。

虞巧巧先是驚喜，接著又是扼腕。「可惡，早知他是彭知府的人，我就讓他泡了！」

掌櫃一臉錯愕，不知道什麼叫「泡」？但聽起來女俠好像很遺憾的樣子。

虞巧巧最後還是決定付銀子，不能白吃白喝人家的，也不管掌櫃要不要，她丟了一錠銀子給他，人便告辭了。

得了這個秘密，虞巧巧心中便有了主意，她要抓住彭知府這隻狡猾的千年老狐狸，不僅是為了于飛，也為了她自己。

彭老狐狸敢派人來暗殺他們，就別想安生過貪污的日子，她身為刺客組織的頭兒，豈是好欺負的？

算算日子，她用飛鴿傳書送出消息回桃花莊，阿誠和阿立他們應該這幾日就快到了。

等她的人馬一到，她就能開始行動，活捉彭老狐狸。

于飛今日回來，就發現他的妻子心情特別好。

「有什麼高興的事？」飯桌上，于飛笑問。

自從兩人說開了，他不會在她不願的情況下碰她，她對他似乎也沒那麼疏離緊繃了，反倒顯得輕鬆愜意。

「上回答應你要去查製作毒藥的源頭，或許有消息了。」

「哦？」他放下筷子，意外地看著她。「妳說的那位醫術高明的大夫？」

「是。」她笑著回覆，也不多說。

于飛知道，她說的是梅冷月。

江湖傳言梅冷月是個神醫，為人治病有其條件，他願意治就治，若不願，拿刀抵著他脖子都不救。

不過聽說還沒人敢威脅他，因為威脅他的人已不在世上，因此梅冷月還有個外號叫「奪命華陀」。

于飛垂下眼簾。

此人不受他人聘用，性子十分冷傲，這樣的人為何願意窩居在桃花莊，甘願為她辦事？

除了對美人有意，于飛想不出其他理由。

「我有一位友人患有重疾，不知能不能請那位大夫來看診？」

虞巧巧挾菜的手頓住，看向他。「什麼病？」

「不知，許多大夫看了都查不出病因，若那位大夫願意看診，銀子不是問題。」

虞巧巧咬著筷子，頗有些為難。「實不相瞞，那位大夫性子古怪，為人又傲，要不要治病完全看他，雖然我和他有交情，但也不能用交情去逼他。」

是真不能逼，還是捨不得逼他？

于飛笑道：「我就是問問，若有機會，妳幫我提一提。」

她點頭。「好，我會跟他提，不過他這人脾氣很怪的，就算天皇老子來，他也不怕。」她忍不住數落了對方幾句。

言語之中聽得出她與梅冷月很熟，熟到可以數落他，就像數落自家人一樣，那交情絕對不一般。

于飛垂下眼，將心思藏在眼底，心裡卻是撓心抓肺的，友人重疾只是他編出來的理由，他是想藉此會會那個男人。

「不過……」他說：「江湖上，凡是能人異士皆有自己的脾性，他能願意幫妳查毒藥的源頭，又肯賣妳昂貴的藥丸，可見對妳是看重的。」

說到這一點，虞巧巧可得意了。

「沒錯，他那人哪，別人花重金都請不動，他若不喜，就算天仙下凡他也不理，唯獨我能讓他願意跟著，還有啊，那藥丸不貴，可以說是他提供給我的，我頂多出藥材的錢罷了。」

于飛淡淡地微笑。「喔，是嗎？原來如此，他……可有妻室？」

「沒，他那種脾氣，除了我，哪個女人受得了他？」

于飛笑意更深。「是嗎……」

「你哪天見到他，就知道我所言不虛了。」

「我倒是很想會會他。」

虞巧巧不知道，自己無意中給梅冷月點了根蠟燭。

其實她說的是實話，對梅冷月，她真沒想太多，因為她沒把梅冷月當男人，而梅冷月也沒把她當女人。

不過說到梅冷月，她就想到菁兒，任梅冷月高傲如神，卻也有遇到不鳥他的菁兒，等梅冷月來，她就叫菁兒把毒藥拿給他，讓他幫忙查一查。

用菁兒對付梅冷月……嗯，一物降一物，真好用。

思及此，她更得意了。

「你放心，我叫他幫忙查毒藥源頭，他不敢不聽我的。」

于飛看著她得意傲嬌的笑容，又開始鬧心了。

待他處置了黑無崖，還得想辦法處理那個梅冷月才行。

這頓飯吃得很愉快……至少虞巧巧是這麼想的。飯後，她讓菁兒泡了一壺菊花茶。

美人慵懶地賴在貴妃椅上，與面前英俊的男人一起品茗。

男人深情的對望令她如沐春風，只要他答應不越界，偶爾讓他親親嘴、拉拉小手，她是不介意的。

況且，她已經找到回報于飛救命之恩的辦法了，就是幫他找到彭知府，這麼一來，以後就算被他知道自己的底細，她也不必愧疚。

「彭知府那兒調查得如何？」

她只是隨口一問，哪裡知道于飛那兒還真有眉目。

「咱們已經找出合適的人選，逼出彭知府。」

她立即坐直身子。「你們打算用哪個江湖人？」

「既然是借刀殺人，當然要找行家，江湖上的刺客組織是最合適的。」

虞巧巧整個精神都來了，說到刺客組織，這可是她在古代的本業。

江湖上的刺客組織有幾家，用手指都可以算得出來，當初為了成立黑岩派，她可是做足了功課。

畢竟要在江湖混，得先了解市場行情，就像在現代花錢開公司之前，總得把業界摸個清楚，才不會讓付出的錢打了水漂。

江湖刺客大約分成兩種，一種是人多的組織門派，另一種是單人工作室。

組織門派中，排除那些已經被朝廷破獲下獄而解散的不算，剩下的有三家，分別是羅煞、唐門和她的黑岩。

她萬萬沒想到，于飛竟然會想找刺客？

「讓我猜猜，你不是找羅煞就是找上唐門，對不對？」她故意忽略黑岩派不說，其實是想套他的話。

他搖頭。「不是。」

都不是？難不成他要找黑岩？

虞巧巧開始抓心撓肺，他不會真的打算找黑岩派吧？如果是真的，她要接這筆生意還是不接？

這事怎麼想都太弔詭，黑無崖可是被朝廷通緝的人犯呀，用現代的話來說，就是刑警辦不了案子，只好找殺手來幫忙，而這殺手還是被政府通緝的，怎麼想都覺得有點搞笑。

但想一想又覺得可行，畢竟黑白兩道有時候也會合作，這都是為了「業績」啊。

「別忘了，還有黑岩派呢，妳漏了這家。」于飛道。

她故意道：「羅煞和唐門名氣大呀，黑岩跟他們比，遜色多了。」

「三家門派各有特色，黑岩派只是生意接得少罷了，跟其他兩家比，黑岩派做事謹慎，如果接下生意，使命必達，比較可靠。」

有見地！

虞巧巧嘴角微揚，她很挑客戶，黑岩的信譽可是非常好的。

「所以我決定借黑岩這把刀。」

她訝異。「你要找黑岩派去刺殺彭知府？」

「不，我們決定扮成黑岩派的刺客去刺殺彭知府。」

「……」我靠！

如果現在有鏡子在眼前，就會瞧見虞巧巧雙眼圓睜，眼珠子瞪得都要凸出來了。

搞了半天，原來他所謂的借刀殺人是要殺掉彭知府後，把這事推給黑岩！

她費了好大的工夫才沒有罵出口。

于飛正色道：「羅煞和唐門太難纏，不好得罪，黑岩比較好欺負，所以誣賴給黑岩較為合適。」

她在心中對他比中指！

開什麼玩笑！黑岩派若是扛了這個罪，豈不得罪了朝廷！

虞巧巧感受到公司遇到有始以來最大的危機，前幾年西北山匪搶劫商隊，誤殺了一名返鄉探親的朝廷命官，結果皇上震怒，派了大將軍去剿匪。

山匪再凶狠，也敵不過朝廷的兵馬。

當時大將軍領了五百兵馬，把一百多人的山匪全部一網打盡，全數斬了。

黑岩派才幾名員工，哪抵擋得住朝廷的上百或是上千兵馬！

她刺殺的目標一直不碰朝廷官員，就是避免這個結局。

不行，黑岩擔不起，她也擔不起！

「何時出手？」她強壓下心中的起伏，冷靜地問。

「這得看時機，彭知府是隻千年老狐狸，大概是壞事做多了，也怕仇人報復，所以現在躲得不見人影。」

彭老狐狸躲得好！

「六扇門若要找人，掘地三尺也要把人給揪出來，但咱們這陣子搜遍所有地方，就是查不到他的蹤跡，肯定是二皇子怕咱們抓了他，因此將人藏起來了。」

六扇門找不到人就不能賴給黑岩，很好！能為她爭取多一點時間。

虞巧巧不禁後悔，早知道那個色鬼是彭知府的人，她就對他好一點，別跟他玩什麼刀子剁手指的遊戲了。

于飛起身。「不早了，妳早點休息，明日一早，我和弟兄們會出門。」

「行，你也好好休息。」虞巧巧笑著送他出房門。

待門關上後，于飛在她門前站了一會兒，才走回隔壁屋子。

餌已經拋出去了，他是故意藉她之口，讓黑無崖知道此事。

現在就看黑無崖得到消息後，會做出什麼行動。

他等著大魚上鉤。

第二十章

時機掐得剛剛好，虞巧巧從于飛口中得到消息的隔天，剛好她的人馬也到了。

令虞巧巧更高興的是，梅冷月果然也來了。

向來不干涉江湖事，只有別人找他，沒有他找別人，這次居然跟著大夥兒一起來了。

梅冷月會來，只有一個原因。

她曖昧地笑看一臉冷意的梅冷月，又回頭笑看躲在她身後的菁兒，感嘆道：「果然是真愛啊……」

菁兒一聽，尷尬得把頭壓得更低。

梅冷月對上虞巧巧揶揄的目光，冷道：「菁兒都瘦了一圈，妳是怎麼照顧她的？」

「……」主僕兩人無語。

在梅冷月的字典裡找不到「尷尬」兩個字，能用一張冷臉說著甜言蜜語，江湖上大概也只有他一人了。

阿誠和阿立奉了虞巧巧的命令，一進城便包下一間客棧，虞巧巧帶著菁兒，此刻便來到客棧與他們會合。

幾個人全窩在一間房裡密議。

虞巧巧向來人盡其才，也不囉嗦，直接丟了個任務給梅冷月。

「幫我查查這東西是哪裡製造的？」說著對菁兒使了個眼色。

菁兒只好硬著頭皮上前，將一個木盒遞到他面前。

梅冷月看著她，淡淡地問道：「裡頭是什麼東西？」

菁兒沒回答，直接把盒子放到桌上，人就繞回虞巧巧身後裝啞巴。

「……」梅大神醫一臉無語。

虞巧巧很想笑，但她有求於他，這時候還是不招惹他為妙。

「這是殺手牙內的毒藥，咱們遇到彭知府派來的殺手，幫我查查毒藥的來路，蒐集證據之用，靠你啦！」也不管梅冷月答不答應，反正就賴給他了。

接著，她又丟了一個名字給大夥兒。

「找出這個人。」

紙條上寫了兩個大字——蕭逸。

「這人是誰?」

「彭知府的私生子。」

大夥兒對彭知府不陌生,先前黑岩就考慮過刺殺兩個目標,一是淫賊,二是彭知府。

「咱們現在要接彭知府這門生意了?」

「太好了,這人是個貪官,該斬!」

「知府而已,應該比殺淫賊簡單。」

「不會吧,我記得他的賞金是三千兩,比淫賊高,這任務肯定有難度。」

眾人七嘴八舌討論一番,最後看向虞巧巧。

虞巧巧目光掃向每一個人後,宣布這次的任務內容。

「這次的目標不是刺殺,而是必須讓他活著。」

眾人詫異。

「讓他活著?」

「他是個貪官哪!莊主,就算殺他上百次都死不足惜。」

「難不成有人出賞金保他?」

「不不不，我看是有人想殺他，然後他自知死期不遠，就出銀子找上咱們，保他自己不死。」

「喲，還有這樣的？什麼時候咱們刺客變成保鑣了？」

眾人熱絡地討論著，虞巧巧慶幸他們包下了整間客棧，吵翻天都沒人管。

在她舉手示意後，大夥兒安靜下來，等著她說明原由。

在黑岩，討論事情不會是一言堂，虞巧巧會聽聽眾人的意見，然後丟出問題所在，一定跟大夥兒溝通到每個人都同意為止，因此，當她宣布原因時，也是給眾人一個選擇的機會，她要讓眾人清楚地知道，這個任務的風險在哪。

「……原因就是這樣，所以彭知府不能死，非但不能死，咱們還必須保護他，如此才能不惹上皇家。」

說來，雖然他們是江湖人，但是跟朝廷相比，黑岩派還是渺小的，連六扇門都忌諱得罪的皇家人，他們又有什麼倚仗可以得罪對方？

大夥兒你看我、我看你，在了解前因後果後，眾人炸鍋了！

「我操！六扇門不厚道！竟然把這事推給咱們！」

「不是推給咱們，是陷害！」

「堂堂朝廷捕快要不要臉啊！這是強盜作為！」

阿誠也爆了粗口。「他奶奶的！不能殺貪官，還得保護他？真他媽憋屈！」

阿立則是擰眉，雙臂交橫在胸前，陷入思考。

大夥兒七嘴八舌地罵著，他們向來懲凶除惡，快意江湖，如今卻必須保護一個貪官，若不保他，到時候死的就是他們，這還有天理嗎？

虞巧巧看著大夥兒激動的模樣，欣慰地笑了，對一旁的梅冷月說道：「果然這種事還是要大家一起同仇敵愾才爽啊。」

梅冷月投給她一個鄙視的眼神。

「莊主，難道咱們就吃這個悶虧？」

「哪有什麼辦法，人家是六扇門，難道咱們還能找他們說理去？」

「幸虧莊主得了消息，讓咱們還可以挽回局面，不然到時大夥兒連怎麼死的都不知道。」

「如果不願保護他，還有另一個辦法。」虞巧巧正色道。

大夥兒聞言，紛紛問道：「什麼辦法？」

「是啊，快說來聽聽。」

在眾人的期待下，虞巧巧嚴肅地說：「咱們還有第二個選擇，就是大家就此散了吧。」

眾人一陣安靜。

「大夥兒這幾年也賺夠了，足以吃三輩子都不缺，平日我也讓你們各自培養自己的興趣，正好，趁這個機會，大夥兒可以金盆洗手，從事自己想做的事，當個平凡老百姓也很好。」

大夥兒你看我、我看你，一臉驚訝。

散了？

從此沒有黑岩派？各走各的？

一想到要各走各的，以後再也沒有黑岩派，那感覺實在無法想像。

眾人又炸鍋了。

「我不要離開黑岩派！」

「我也不想，黑岩派是咱們辛辛苦苦打拚出來的，豈能說散就散？」

「黑岩派是俺的家，俺生在黑岩，死在黑岩！」

眾人紛紛反對，情緒比她還激動。

虞巧巧禁不住感動，一副看著自家孩子的慈愛眼神，對梅冷月道：「瞧，我做人多成功，大夥兒都捨不得走呢。」

梅冷月依然回她一個鄙視的眼神。

虞巧巧不服，她就不信梅冷月捨得離開？再說，就算他捨得離開黑岩，也捨不得離開菁兒，哼！

「梅大神醫有何高見啊？說來聽聽。」

吵雜的眾人聽到此言便暫時安靜下來，一道道目光朝梅冷月看去，就連菁兒也往他這裡看了一眼。

以往虞巧巧召集眾人商討事情時，梅冷月都保持沈默，就算要發言，也是她逼問，他才傲嬌地開口。

這一次，黑岩派遇到了難關，虞巧巧自己不爽，也要拉著大家一起跟她不爽，然後現在也要把他拖下水。

她就不信，除了她這兩個辦法之外，梅冷月還能想出更好的辦法，幫黑岩派擺脫困境。

梅冷月人如其名地保持高冷，不管何時何地，他都維持著神秘冷傲的表情，不為他人言語刺激而有所動怒。

在眾人熱切的目光下，他抬起美麗的眸子，掃了眾人一眼，最後目光停在菁兒臉上。

菁兒與他對視一眼，便又移開視線。

梅冷月目光閃了閃，心下思忖，原來她不是不看他，若是好奇，她也會主動看他一眼的。

「還有一條路可以選擇。」他不疾不徐地開口。

虞巧巧詫異，眾人欣喜，菁兒也好奇地聽著。

梅冷月勾起唇角，突然心情很好。

「什麼辦法？」虞巧巧好奇死了。

梅冷月放下茶杯，再為自己倒了一杯，這才緩緩公布答案。

「很簡單，咱們也借刀殺人，扮成其他人把彭知府活捉回來不就得了。」

眾人安靜，緊接著又炸鍋了。

「妙計啊！」

「是啊，咱們何必忍下這口氣呢！」

「咱們也借刀殺人，哈哈哈！」

「要借誰的刀呢？」

虞巧巧也哈哈大笑，一改先前的陰霾，她真是糊塗了，居然沒想到這麼簡單的辦法，只要臉上用黑布一蒙，誰也認不出誰，要賴給誰都行！

神醫的腦筋還是挺聰明的。

「莊主，那咱們要借誰的刀啊？」

「你傻啊，六扇門要誣賴給咱們，那咱們以眼還眼，誣賴回去嘍！裝成六扇門的樣子去劫人。」

此話一出，眾人頓住，接著就朝出主意的人一陣拳打腳踢。

「你才傻！咱們要借刀殺人就是不敢惹官府，你倒好，把六扇門惹毛了，還不是吃不完兜著走！」

被打的人連忙告饒，虞巧巧在一旁摸摸下巴，想了想，便道：「不如……咱們裝成羅煞或是唐門的人吧。」反正大家都是刺客，裝起來也比較像。

有一句話，同業的都是競爭者，把抓彭知府的事賴給這兩家，虞巧巧的良心很安穩。

眾人又炸鍋了。

「好咧！賴給羅煞！老子早瞧他們不順眼了！」

「賴給唐門，唐門心思歹毒，也是江湖惡霸，讓朝廷收拾他們！」

替死鬼有了，贊成羅煞或唐門的分成了兩派，吵鬧不休，最後虞巧巧拿出賭桌上莊家吆喝賭徒下注的氣勢，往桌上用力一拍。

「丟銅板！正面羅煞，反面唐門！」

如果找不到老子，那就找老子的兒子，尋著兒子，肯定能找到老媽子，老媽子肯定知道老頭子躲去哪裡。

彭知府有七個妾，這七個妾幫他生了不少兒女，但外人只知曉彭知府這些檯面上的兒女，無人知曉他還有個外室叫蕭惜月，為他生了一個私生子。

這個私生子隨他娘的姓，叫蕭逸。

沒人知道他是彭知府的私生子，只知道蕭逸這人有銀子、有勢力，每回他欺負良家婦女，告到了官府，最後的結果都是不了了之。

茶樓掌櫃姓潘，之所以知道蕭逸是知府大人的私生子，也是因為他經營茶樓，無意中從一間雅室聽到了這個秘密，心中震驚無比。

潘掌櫃嘴巴牢，從未跟人提及此事，彭知府娶了那麼多小妾，為何唯獨這個外室要養在外頭？聰明人用腦筋想便知，肯定是因為這個外室見不得人，必須藏著。

潘掌櫃見過不少世面，多少練就了一雙慧眼，虞巧巧教訓了蕭逸，令人額手稱慶，但他也怕虞女俠不知自己惹上的是什麼人，遂將此秘密告知她，要她盡速離去。

彭知府手段狠辣，自家兒子被人揍了，肯定是要討回來的。

他哪裡知曉，正是這個秘密給了虞巧巧一線曙光，讓她不用再耗費時間和人力，能夠比六扇門更快找到彭知府。

虞巧巧分派任務，幾人一組去城中各處尋找蕭逸的身影，她也不是盲目的亂找，而是去賭場、酒樓、青樓等處蹲守。

果然，不出兩日便找到了蕭逸，他在醉香樓花魁的屋子裡呢。

蕭逸被擄來時，人被綁成了粽子，嘴裡被塞了布，眼睛也被蒙著，待拿下蒙眼布和口中的布時，蕭逸囂張的大罵。

「你們知不知道我是誰！老子背後有大靠山，連六扇門的人都不敢惹老子，識相的就放了老子，不然老子要你們死無全屍！」

「知道知道，你背後的靠山是彭大人嘛！」

蕭逸愣住，循著聲音看去，這才瞧見了美人，而這個美人還是那個下手狠戾、刀去見血的蛇蠍美人。

蕭逸一見到虞巧巧，人就有點慫了。

「原來是妳，找爺什麼事？」

蕭逸喜歡美人，可是像這種手段狠辣、有功夫的美人，他是避而遠之的。

虞巧巧對他微微一笑，吩咐道：「給他鬆綁。」

阿誠和阿立上前，一人將繩子割斷，一人為他清理身上的繩子。

蕭逸一臉狐疑，身上沒了束縛後，確實輕鬆多了，但美人凶狠，他不敢輕敵，依然一臉戒備地瞪著她。

虞巧巧對兩人命令。「你們退下。」

「是。」阿誠、阿立有模有樣地退出房外，並帶上門。

虞巧巧微笑，為蕭逸倒了杯茶。「來，喝喝茶，消消驚，上次對不起了，不知您是彭大人的公子，失禮了。」

蕭逸愣住，他娘再三叮囑他，不可讓人知曉他是彭知府的兒子，以免惹禍上身。

蕭逸雖然酒色財氣樣樣來，但他並不蠢，算是有點腦子的紈袴子弟，上回輕薄眼前的美人是他看走眼，不知對方功夫了得，才會惹上人家。

蕭逸也知道近來朝廷風聲鶴唳，他爹躲起來了，因此突然有人找上自己，並點出他的身分，令他心中驚異，戒備更甚。

「妳是不是認錯了，本公子姓蕭。」

虞巧巧點頭讚許。「公子聰慧，知道防人之心，非常好，如此二殿下便放心了。」

蕭逸再度吃驚，他爹身後最大的靠山便是二皇子，這事沒人知道，這女人怎麼會知曉？

「妳是……」

「我是二殿下派來的。」虞巧巧拿出一個玉印給他瞧，上頭刻了一個篆體字，看起來像是某位大人物的私印，給蕭逸看過後，便迅速將此章收了起來。

她動作流利，有模有樣，架勢十足，一副就是京城派來的密使模樣。

蕭逸再聰明，也不可能見過京城的大人物，更不知二皇子一些細節，但虞巧巧從于飛那兒套到不少消息，再加上她的推理和能言善道的能力，把二皇子派來的心腹角色演得入木三分。

「六扇門已經進城了，二殿下得到消息，要彭大人先避避風頭，但六扇門那些人可不是吃素的，他們領了刑部的命令進城蒐證，二殿下不放心，派我秘密來此。」

蕭逸聽得驚訝，相信了七、八分，因為眼前的美人不但說出了二皇子，且她說話的語氣和身手，確實像是從京城派來的高手。

蕭逸心下汗顏，不知自己竟得罪了二皇子的人，趕忙起身告罪。

「不知閣下身分，先前多有得罪，還請您多多包涵。」說著便鞠了個九十度的躬，拱手賠禮。

虞巧巧點頭。「好說，不打不相識，幸虧那一日沒傷了公子，倒是把你的人都傷了，對不起哪。」

「不不不，是在下失禮在先，怪不得姑娘。」

虞巧巧今日沒有梳婦人髻，而是一身勁裝的俐落打扮，把頭髮往後梳，綰了個簡單的髻。

「六扇門消息靈通，全城都有他們的眼線，他們查彭大人查得非常緊，我暫時不便去見彭大人，這裡有一封二殿下的信，你交給他，讓他照上頭寫的去行事。」

蕭逸恭敬地接過信。

虞巧巧站起身。「事不宜遲，我走了，信中有我的連絡方式。」說完便爽快地離開，連多說一句話都沒有。

待人走後，蕭逸拿著信，一陣後怕，將信件小心翼翼地藏在上衣內裡的暗袋後，便也出了房。

出來後，他才知道這是一間客棧，他在房門外左右看了看，沒見到其他人，便匆匆離去。

一出客棧，他便在附近叫了一輛馬車，可他不知道，這車夫是虞巧巧的人。

黑岩的人沿路跟蹤，保持著一段距離，就見這位蕭公子中途下了馬車，走進一間衣鋪，再出來時已經換了身裝扮。

「嘿，是個賊小子！」

虞巧巧的人能認出來，是因為跟蹤的不止一人，在蕭逸下了車、走進衣鋪後，立即換人跟上，這才破了蕭逸的詭計。

一路上，蕭逸換了三次裝束、三次馬車，尤其最後一次換裝，讓跟蹤的眾人全都忍住了笑。

連虞巧巧也忍不住憋笑，因為蕭逸扮成了女人。

別說，還真像呢！

他本就斯文，姿色頗佳，配上那張長期浸淫在酒色的蒼白臉色，真像個林黛玉。

蕭逸最後的目的地來到一間寺廟，這寺廟不大，位在半山腰。

虞巧巧等人此時已猜到，彭知府就藏在寺廟裡。

「去看看這間寺廟有沒有密道或後路之類的通道。」她命四人去探查，回頭又點了另外四個人。「你們二人去山路上守著，任何從林中或是草叢中冒出來的人都要抓住。還有你們，去山腳入口守著，這時候沒什麼香客，若有人下山，一律抓起來。」

被分派任務的八名刺客立即行動，虞巧巧則帶著其他人分頭前進，將寺廟前後包圍起來。

大約過了半炷香的工夫，去打探寺廟的人回來了。

「裡頭有兵。」

「多少人？」

「不多，八個人。」

阿誠聽到，「哈」了一聲，不只他，其他人的眼神灼亮如狼，那是看到獵物時的目光。

有兵守著，十成十彭知府就躲在裡頭。

虞巧巧也咧開了女匪頭兒的賊笑，她將臉蒙上，其他人也跟她一樣，全都蒙了面，只露出兩隻眼睛，並脫下身上的衣服，露出裡頭的夜行衣，這是羅煞刺客的裝扮。

「前進。」她命令。

刺客們貓步一般向寺廟逼近，繞過正門，從後邊翻牆而入。

牆內的兵很快發現了他們，唰唰地拔刀而出。

「來者何人！」

「閻王有令，投胎吉時，羅煞勾魂，逾時不候！」一名黑衣人將一塊黑色木牌丟到地上，木牌上用紅墨水寫著「彭天佑」三個大字，彭天佑便是彭知府的名字。

這是羅煞在刺殺目標時喜歡搞的噱頭，殺人前還要喊口號，為自家打名氣，虞巧巧覺得俗氣死了！

不過現在她卻覺得俗氣點好，因為這樣就能告訴對方，他們是羅煞派來的刺客。

黑岩派眾人個個武力值都很好，能被她挑選上的同伴自然都是身手一把罩，況且他們以多欺少，贏了是正常，輸了才奇怪。

正當他們以為必勝時，四面八方突然出現大批人馬。

乍見此陣仗，虞巧巧立即暗叫不好。
「有詐！咱們上當了，快撤！」
只可惜，為時已晚。

第二十一章

螳螂捕蟬，黃雀在後。

虞巧巧以為自己才是那隻黃雀，卻直到對方埋伏的人馬出現，她才曉得，黃雀另有其人，而他們黑岩才是被設計的螳螂。

她帶領的所有人，不管是守山腳或守山路的，全都被一網打盡。

他們被五花大綁，分別關押在不同地方，而她的眼睛被黑布蒙住，只能依靠聽力。

她坐在一張椅子上，雙手雙腳都被綁住，她能感覺到這屋子只有她一個人，看來她是單獨被關押的。

不知阿誠、阿立他們現在如何？其他同伴又如何了？

如今連她都自身難保，又如何救其他人？

突然，虞巧巧聽到了腳步聲，有人從外面走進屋來，聽起來是兩個人。

腳步聲來到她面前。

對方沒有出聲，她也沒有出聲。

不管對方在她面前站了多久，她都當作空氣。

終於，對方開口了。

「黑無崖在哪？」男人的聲音很陌生。

虞巧巧沈默。

對方見她不回答，並未發火，只道：「告訴我黑無崖在哪，就饒妳不死。」

虞巧巧依然沈默，身形未動，如一尊坐在椅子上的雕像。

于飛站在她面前，注視著她，朝一旁的心腹使了個眼色。

這名心腹便是負責監視虞巧巧一舉一動的暗衛。

得了主子的眼色，心腹又開口。「我們只要黑無崖一人，其他人可以放走。」

聽到這句話，終於，虞巧巧有了動作，原本微微垂下的臉抬起，被黑布蒙住的雙眼朝向說話男子的方向。

「如果我報出黑無崖的所在，你們真的會放過所有人？」

心腹看了主子一眼，看到主子點頭，心腹道：「是。」

「如果你們反悔呢？」虞巧巧嘲諷地笑了笑。「我們所有人都在你們手上，如果你們騙我，不放我們走，我們根本沒辦法。」

于飛看著她，對心腹示意，心腹便又道：「我們主子一言九鼎，最重承諾，他知道黑岩派專殺惡人，並非冷血無情的殺手，因此他無意為難，也有意放你們走，他的目的只有黑無崖。」

「你主子？他在哪？」虞巧巧故意問，因為她聽得出進屋的有兩個人。「叫你主子來，我要聽他親口承諾。」

心腹看向一旁的于飛，于飛對他點頭，然後又搖頭。

心腹會意，回答道：「我主子就在一旁，正聽著呢。」

「閣下是誰？」虞巧巧問。

「妳不必多問，我主子不想讓人知道，妳只需回答，黑無崖在哪？妳若不說也無妨，我們會嚴刑拷問每個人，直到有人說出黑無崖的下落為止。當然，若是你們骨頭硬，不肯說，那只能對不起了，若有人受不了嚴刑逼供而殞命，就怪不得我們了。」

虞巧巧問：「你們要如何嚴刑逼供？」

這問題心腹自己就能回答，語氣多了些無情。「方法可多了，夾棍、火烙、剁手指、拔牙，這些都還算是輕的，重則刮肉削骨、去手斷腿、削耳拔舌、挖眼珠子，每一種都能讓人生不如死。」

這一番威脅果然讓虞巧巧白了臉，抿緊唇瓣，心生恐懼。

于飛見她臉色泛白，對心腹瞪了一眼。

心腹收到主子的眼刀子，忙又改口。「但只要妳肯說出黑無崖的下落，就不會受到皮肉之苦，妳的同伴也一樣。我家主子信守承諾，不會傷害你們所有人，還能讓你們完完整整地走出去，不傷分毫。」

虞巧巧再度抬頭。「真不會傷害我的人？」

「是。」

「我要保證。」

「如何保證？」

「起誓，我要你家主子發毒誓。」

心腹擰眉。「妳這女人——」下面的話被主子舉手制止，他看向主子，見他點頭，心腹詫異，總覺得不妥，但在主子凌厲的目光下，他只好照他的意思做。

「行，我主子願意發毒誓，只要他抓到黑無崖，便放所有人走，若有違此誓……」

他瞄向主子，見他沒有反悔，甚至以眼神命令他說下去，他咬咬牙。「若有違此誓，便不得好死。」

說完，心腹捧著心口，雖然他是受命，不得不從，但從他嘴巴說出就好像在咒主子去死，搞得他提心弔膽的。

「你主子叫什麼名字？」虞巧巧突然問。

心腹陡然心驚。「妳毋須知曉。」

「我不知曉，如何確定他是真心發誓？話都是你在說，他不能自己發誓嗎？難道他是啞巴？」

「放肆！我家主子——」

于飛舉手制止心腹的話，他緩緩地開口。

「本人對天發誓，只要妳供出黑無崖，我便不予追究，放你們所有人一條生路，若有違此誓，叫我天打雷劈，不得好死。」

男人的聲音粗啞低沈，像是鐵砂刮喉似的。

虞巧巧把臉朝向于飛的方向，彎起嘴角。「原來不是啞巴，而是嗓子難聽。」

心腹對于飛忠心耿耿，實在聽不得別人嘲諷主子，即便這女人是主子的妻也一樣不行。

她何德何能，能得主子這般維護，算她命好，遇上了主子，主子護著她，不跟她見識，才讓她如此放肆，若換作他人，早拔了這女子的舌頭，哪裡還容她出言不遜，討價還價？

「主子已經發誓了，黑無崖在哪？快說！」

虞巧巧彎起嘴角，一字一字宣布答案。

「遠在天邊，近在眼前，我就是黑無崖。」

氣氛一時安靜得詭異。

心腹錯愕，于飛愣怔，齊齊看著虞巧巧。

她說什麼？她是黑無崖？

心腹正要罵她胡說八道，卻被主子舉手制止，只好把話憋回肚子裡。

「妳如何證明，妳就是黑無崖？」于飛問。

聽到那粗啞的聲音，虞巧巧把臉轉向他。

「因為這世上根本就沒有黑無崖這個人，他是我捏造出來的人物，用來轉移朝廷的目標，若不是這次任務全軍覆沒，我不會把這個秘密告訴你們。

「到了這個地步，我沒有理由騙你們，因為我想救我的人，我不會拿他們的性命開玩笑。

「黑岩派是我一手創立的，接哪一筆生意、刺殺哪一個目標都是我決定的，包括這次的行動都是我主導的，我的人都只聽我的命令行事。

「相信你們也查了很久，始終查不到跟黑無崖有關的任何消息，是吧？因為根本沒有這個人，就不可能留下任何線索。

「江湖和朝廷都只知道黑無崖，只知道他是個男人，注意力都在他身上，就不會查到我，因為沒人會想到，黑岩派其實是女人創立的。」

于飛聽完她的說詞，其實他已經相信了。

他沒有理由不相信，因為他確實查了很久，從沒有一個人見過黑無崖的真面目，江湖上那些關於黑無崖繪聲繪影的事跡，他一一查證過，也發現那只是一個傳言，找不到真正與黑無崖接觸過的人。

傳言都說此人來無影去無蹤，極其神秘，給人一種世外高人的形象，卻原來，打從一開始，這個傳言是為了要誤導所有人，包括六扇門，都被混淆蒐證的方向。

于飛揉了揉太陽穴，感到十分頭大。

不得不說，他真的很意外，沒想到事實真相會是這樣？

虞巧巧就是黑無崖。

他花了那麼多工夫要抓的人，原來就是他的枕邊人。

不知怎麼，他很想笑，而他也無聲的笑了。

于飛離開屋子，心腹跟在他身後出來，離屋子一段距離後，于飛轉過身來，看了屋子一眼，盯著心腹。

「看好她，不准傷害她。」

心腹聽了，立即明白，主子要護她，畢竟是髮妻。

「屬下明白，會讓她毫髮無傷。」

「找兩個可靠的啞婆打理她的起居，要細心、懂得伺候人的。」

這是要把人好好供著了，心腹明白。

「主子放心，屬下這就去辦。」

「還有，把她的繩子解開，不准綁著。」

心腹詫異，這是打算讓她自行活動了？

「屬下明白，會給她服用軟骨散。」

「不可。」

「咦？」

「不准綁著她，不准給她下藥，她想活動就讓她活動，她想出門就讓她出門，你暗中跟著就行。」

心腹瞪大眼。「萬一她跑了呢？」

「跑了就跑了。」

啊？

于飛靜靜看著心腹，心腹先是驚訝、疑惑，接著猛然領悟什麼，打了個冷顫。

主子這是……要放過她，完全當作沒這回事啊！

心腹神色一凜，拱手道：「屬下遵命！」

于飛很滿意，知道他懂了，拍拍他的肩膀以示欣賞，便轉身離開。

屋子裡，虞巧巧雖被鬆綁，可繩子綁太久，她的手腳有些麻，讓她很不舒服，但她任由皮肉不舒服來折磨自己，因為這樣才能讓她清醒。

虞巧巧心中冷笑，她笑自己傻、笑自己蠢，笑自己太高估自己。

今天落到這步田地都要怪她，是她大意，才會害大夥兒掉入別人設下的陷阱。

從適才的對話裡，她得到了她要的訊息。

她故意說了一堆話，也引出對方說了一堆話。

從雙方的態度和對話中，她得到了幾個重要的線索。

對方不想拷問她，只有言語恐嚇，但一根毫髮都不傷她。十指夾棍、火烙、斷指斷耳，這些是官府拷問人的手法。

蒙住她的眼，卻沒有製造恐懼給她，表示對方只是不想讓她看見容貌，十之八九是熟人所為。

能夠預知她這次的行動，必定對她有一定的了解。

能夠事先布下埋伏，抓準地點、時間的，必是知道她一定會來。以放過她的人馬作為談判條件，要她供出黑無崖的下落。

虞巧巧嘲諷地笑了笑，這句話透露出一個重要的訊息。

對方知道她是那些人的領頭人，也知道她在乎那些人。

熟人、官府來的、以彭知府為餌、沒有對她嚴刑拷打、又對她有些了解……同時符合以上這些條件的，只有一個人，于飛。

這就是為何虞巧巧深覺自己蠢，她以為自己隱藏得很好，其實人家早就知道她的底了。

他知道她是刺客。

他知道彭知府可能是她刺殺的目標。

他把彭知府的消息透露給她。

他把她的人馬引到他設下的陷阱裡。

他利用她來抓黑無崖。

所以，他娶了她。

虞巧巧深深地做了個吐納，手腳被繩索磨破的疼痛可以幫助她保持冷靜，不至於抓狂。

于飛……笑面虎于飛！好樣的！

虞巧巧在屋裡來回踱步，她需要冷靜思考，整理煩亂的思緒。

很好，好個連環計！

他竟敢設計她、利用她，還騙了她的感情！

虞巧巧從沒這麼失敗過，虧自己還沾沾自喜，覺得自己魅力大，令他對自己一見傾心，當她故意誘惑他，對她洩漏各種機密時，他一定在取笑她吧？

她以為自己用女色成功搞定，其實是人家用男色搞定她，讓她放下心防，不知不覺掉入他設下的溫柔陷阱，她簡直悔不當初。

她感到挫敗又懊悔，是她害了自己的夥伴，害他們陷入險境。

她告訴自己要冷靜，現在不是抓狂的時候，她個人吃虧事小，夥伴們的生死事大。

她仔細推敲後，覺得于飛應該不至於這麼狠心，他的目的是黑無崖，他發過誓說只要抓了黑無崖，就會放過其他人……

可是他連她都騙了，說不定那毒誓也是假的，是騙她招供的一種手段，破獲了刺客組織可是大功一件，他怎麼可能放所有人走？

啊——她氣得想殺人！

她憤怒地抬腿踹門，這一踹，竟然把門踹破了。

她瞪著門好一會兒，過了不知多久，她突然感覺到不對，怎麼門踹破了都沒人理？

她走到門口，把另一半已經歪斜的門推開，跨出門檻，左右張望。

奇了！沒人看守？

她一臉狐疑，總想著會有人突然跳出來阻止她，她一邊走出去一邊等著，偏偏等了老半天都沒見到半個人。

怪了，人都去哪了？怎麼連個拿刀看守她的人都沒半個？

關押她的地方是一處宅子，她本來還偷偷摸摸、左閃右避，最後直接大方地逛了起來，發現這裡好像是一處廢棄的宅子，全都是空屋。

她繞了一圈，別說沒找到阿誠、阿立和其他人，連個帶刀守衛都沒有。

她摸摸下巴，沒道理啊，她明明都承認自己就是黑無崖了，怎麼沒把她關起來？這些人真沒職業道德！

她到處晃晃，沒有守衛，讓她連演出脫逃戲碼都沒機會。

站在院子裡，她對著空無一人的空氣大聲吆喝。

「喂！有人嗎！」

回答她的是一陣寧靜。

「沒人的話，我走啦！」

虞巧巧等了等，聳聳肩，轉身從正門光明正大地走出去，離開時還舉起手朝後面揮了揮。

過了一會兒，心腹閃身而出。

終於走了！他大大地鬆了口氣。

主子擺明了要放她走，因此他便連啞婆也不找了，沒鎖門，也無人守著，這麼好的機會，不是應該趕緊離開嗎？

誰知她竟大搖大擺地逛起宅子來了，害他也小心地跟了一路。

當她突然說話時，他真的嚇了一跳，以為自己暴露了行跡。

他學的是東隱術，輕功一流，江湖上還沒有一個人能察覺他的存在，而她剛才朝後頭揮手告辭，更是把他嚇出一身冷汗。

她應該沒發現他吧？是吧？

想到主子的命令，他只能硬著頭皮施展輕功，繼續跟著。

虞巧巧不知道是否有人跟蹤她，但她相信自己肯定被監視著，否則于飛如何得知她行動的時間？

她甚至懷疑那家茶樓掌櫃和蕭逸，是不是都是于飛的人？

總之現在于飛這個人，在她心中成了一個奸詐狡猾的千年老狐狸。

她先回到原先包下的客棧，當初她帶了人馬出任務，留梅冷月和菁兒兩人在客棧留守。

事發後，她唯一能想到的便是先回客棧找人。

她在屋中巡視一圈，沒見到梅冷月和菁兒。

後頭跟著的店小二開口道：「姑娘，他們人都走了，確實離開了。」

「你確定只有他們兩人離開，沒有其他人跟著？」

「只有他們兩人，那位白衣公子叫了一輛馬車，帶著穿青衣的姑娘一起上了馬車，離開時，白衣公子還給了小的賞銀呢。」

虞巧巧聽完，思忖了下。

那天他們所有人都被抓了，沒有人來得及回報消息，但從店小二的敘述中，她直覺梅冷月知道他們出事了，不然菁兒不可能願意跟他一起走。

「他可有留話？」

「沒有。」

虞巧巧瞇著眼想了想，拿出一錠金元寶，店小二瞬間瞪圓了眼。

她拿起元寶在窗邊的日光下轉了轉，元寶被照得閃閃發亮。

「真可惜哪，本來想給賞銀的，既然他沒有交代，那這元寶我就省下了。」說著就要收回口袋裡。

「等……等等！」

虞巧巧動作停住，挑眉看他。

店小二吞了吞口水，去門口瞧了瞧，確定四下無人，便又屁顛屁顛地回來，從一臉客氣的態度換成了諂媚討好的臉。

「有的有的，姑娘您別見怪，實在是那一日來了好多官府的人，咱們做小生意的不敢惹事，所以才不敢說啊！」

虞巧巧點頭。「我不怪你，說吧，那人留了什麼口信？」

「那位公子留了一句詩，說什麼鶯……什麼雪……」店小二有些急，當時白衣公子唸這詩，他記不清，加上官府來查，他就嚇得忘了，此時要叫他複述一遍，只剩片斷的句子。

虞巧巧聽了，心中一動。「白雪枝頭融冬去，鶯啼燕語報春來？」

店小二興奮道：「對對對，就是這詩句！」

虞巧巧將元寶收起來，突然拔劍，驚得店小二連連退後。「姑娘？您、您幹什麼？」

虞巧巧冷道：「我乃衙門捕快，這是盜匪的暗號，你跟盜匪有勾結？」

店小二嚇得連連求饒。「不不不，姑娘……大人！您誤會了，小的沒有！」

「沒有？若沒有，那人為何把盜匪暗號說予你聽？」

店小二早就嚇軟了腿，哪裡還記得元寶，被她的殺氣和鋒利的劍所威脅，只一味地跪下求饒，就怕丟了小命。

虞巧巧面露狐疑，有了猶豫。「你真沒有？」

「沒有沒有真沒有！小的對天發誓！」

虞巧巧收劍入鞘。「沒有就好，算你運氣好遇到我，我見你也不像是盜匪，莫再對人說那暗語了，免得讓人誤會。」

店小二受了驚嚇，知道對方不殺他了，忙感激涕零地道謝。「小的不會再說，不不，小的根本沒聽說過。」

虞巧巧滿意地點頭，離開之前想到什麼，又轉回來，對店小二叮囑了一些話，店小二忙不迭地點頭。

虞巧巧離開後，店小二整個人腿軟坐在地上，撫著心口，一臉後怕，喘了口氣後，慢慢地爬起來。

突然，一個人影無聲無息地出現在他面前，又把他嚇得跌坐在地。

心腹冷問：「適才那女人跟你說了什麼？」

面對來人的殺氣，店小二嚇得牙齒打顫。「沒、沒有。」

心腹握住刀柄，露出一截刀刃，威脅道：「說！不說就殺了你！」

店小二想到那女人臨走時留下的話，急忙道：「我說我說！她……她來找人……」

「找誰？」

「找她相公。」

心腹一愣。「她相公？」

「她說……她說她要和她相公和離。」

心腹傻了，她相公……不就是他主子嗎？

她要和主子和離？

心腹整個人都不好了，突然得知這消息，令他一個頭兩個大。

主子交代，凡是有關她的重要事情都要立即回報，這……和離算重要的事吧？

心腹收刀回鞘，冷冷警告。「此事不可聲張，若傳出去，殺了你！」

店小二忙點頭如搗蒜。「不說不說！絕對不說！」

心腹身形一閃，人消失了，徒留店小二腿軟地癱在地上。

和離有什麼好說的？他根本不認識那女人，也不認識她相公呀！

第二十二章

虞巧巧離開客棧後，便直接去馬市買馬。

白雪枝頭融冬去，鶯啼燕語報春來。這兩句是提示「雪燕」。

雪燕是虞巧巧包養的青樓妓子，專門為她尋找和篩選客戶，淫賊和彭知府就是雪燕提供的。

黑岩派大夥兒並不知曉雪燕，連阿誠和阿立都不知道，唯獨梅冷月，雪燕染病時，虞巧巧曾央求梅冷月為雪燕看診，雪燕受了她的恩德，從此對她忠心耿耿，一心一意為她做事。

梅冷月留下那詩句就是在告訴她，他帶著菁兒躲到雪燕那兒去了。

有梅冷月護著菁兒，她很放心，她現在要查出的便是其他夥伴的下落，也不知道于飛到底有沒有守諾放了她的人。

想到于飛，虞巧巧便冷下臉，拳頭緊握，又是一肚子火，還有隱隱作疼的心，她不想承認，他的無情利用傷了她的心。

她其實很難過。

此時她才意識到，原來在不知不覺中她對他已經悄悄放了感情，原來他們之間並不是她占上風。

她以為自己夠理智，相信自己能將一切掌控在手中，相信兩人之間的曖昧情愫，她也能夠游刃有餘地把握分寸。

然而事實證明，真正理智的是他，掌控一切的是他，游刃有餘的也是他。

這男人可以一邊對她溫柔體貼，一邊挖坑給她跳，他可以殷勤討好，步步退讓，等待時機成熟時，跳起來反咬她一口。

連自己的親事都可以拿來利用的男人，真夠狠。

但話說回來，自己何嘗不是也利用美色從他那兒打探消息，自己也因為他的討好而暗自得意，她甚至也想利用他六扇門的身分，看看能不能在彭知府這筆生意上得到莫大好處。

互相利用罷了。

只不過結局是他贏，她輸了，因此氣急敗壞，不甘心敗在他手上罷了。

想通這一點後，她閉上眼，深深地做了個吐納，把腹中的悶氣吐出來，盡快消化負面的情緒。

她不想像個失戀的女人那般歇斯底里，她還有正事要做，她的夥伴們還在等她，她不能自亂陣腳。

隨著心情漸漸平靜，她也終於冷靜不少，頭腦清明許多。

她先去了城中的線人處，當初她讓線人用信鴿送信回莊子，讓阿誠他們來跟她會合，若是阿誠他們被放了，肯定也會來此留信給她。

果不其然，阿誠留了封信。

線人說，半個時辰前有一名男子送信來指名要給她。

虞巧巧拆開封口，看完信後，將信燒了，還丟了一錠賞銀給線人，讓線人笑得合不攏嘴。

她雇了一輛驢車趕往城外，出了城後，她命令驢車停下，下了車，便讓驢車自行回城裡。

車夫左右張望，見此地無店鋪，只有林子，不禁為她擔憂。

「客官，這兒鳥不生蛋的，妳真要自己待在這裡？」

虞巧巧回頭看他，笑了笑，拔出匕首，在十指耍了個花式後，突然射向一旁的草叢。

刀尖將一條還在蠕動的毒蛇釘在土裡，鮮綠的顏色成了牠的保護色，若不是她及時出手，這條蛇怕是打算偷偷溜上驢車。

「放心，若有惡人，我自己就能搞定。」她笑道。

車夫被蛇嚇到，打了個冷顫，知道這女人不好惹，不敢再多問，急忙拉起韁繩，急急趕車離去。

虞巧巧走到一旁，拔回匕首，將蛇屍扔了，用布抹了抹刀尖上的血，插回腰間。她看著偌大的林子，將食指和拇指放在唇邊，吹了聲口哨。

很快的，樹林裡傳來回應的口哨聲，她嘴角揚起。

過了一會兒，樹林晃動，紛紛冒出人影。

「莊主！」

此時此刻，虞巧巧才真正露出開懷的笑容。

算了算人數，大夥兒一個都不少，除了幾人當初掙扎時受了點傷，但都是小傷，不礙事。

從大夥兒口中得知，原來他們中了埋伏，一行人被關了起來。

「……咱們以為這次完蛋了，肯定要進大牢，但他們只是把咱們關在屋子裡，沒有拷問，也沒有折磨，不到一天，那些守在屋外的人全都中了迷藥昏了過去。

「幫咱們開鎖的人，咱們沒瞧見，對方說迷藥只有一個時辰的時效，叫咱們先出城躲起來，對方還說他會去救妳，叫咱們留個訊息給妳就行。所以咱們就躲在這裡等著，果然見妳找來了，事情就是這麼一回事。」

阿誠將大致的情形交代清楚。

直到現在，他們始終不曉得是誰救了他們，那個神秘人只聞其聲，並未現身。

虞巧巧聽完阿誠他們的敘述後，已經知道是誰了。

……于飛。

于飛竟然對六扇門的夥伴下迷藥，藉此放走他們，而關押她的房間，門外沒人守著，原來也是他的作為，因為他是故意要放她走的。

他不是一心一意要抓黑無崖嗎？

他費了這麼多心思布局，埋伏了那麼多人馬，終於抓住黑岩的人，逼得她不得不承認自己的身分後，他卻突然放走他們……為什麼？

虞巧巧有一時的怔然，相比之前的憤怒，她現在更多的是茫然。

「莊主？」

虞巧巧回過神來，見夥伴們全都盯著她，都在等她發號施令。

虞巧巧突然抱著肚子，面色痛苦。

阿立面色劇變，上前扶她。「莊主？」

「莊主，怎麼了？」阿誠也變了臉色。

「我……頭暈……肚子疼……」

緊接著，兩人也變得不對勁。

「我……我也肚子疼……」

「糟了，咱們中毒了！」

彷彿像感染一般，從她開始，一個一個地摸著肚子，哀號之聲四起，原本健碩的眾人一個個倒下，最終所有人彷彿全軍覆沒一般，躺在地上，不醒人事。

不一會兒，于飛的心腹閃身出現，竄到虞巧巧身邊，匆忙蹲下，伸手去探她的鼻息。

他不明白這一切怎麼會突然變成這樣，卻明白若是虞巧巧有個閃失，主子會震怒。

正當他想將虞巧巧抱起送回城裡時，原本昏迷的女人卻突然睜開眼，令他一僵。

下一刻，虞巧巧抓住他的衣襟，一個翻轉將他摁在地上，同時間，周遭人暴起，幾十隻手臂將他壓在地上。

「哈！真的有人跟蹤？」

「嘿，抓到了！」

「這傢伙是誰？」

「刺客嗎？」

「不，應該是探子。」

「……」心腹人都傻了，盯著上方幾顆頭顱，一雙一雙眼睛全盯著他。

虞巧巧打量他，猜測道：「你應該是我相公派來監視我的，對吧？」

「……」他可以保密嗎？

「你不說話，就是承認了。」

不，我什麼都沒說！

「莊主，要如何處理他？」

「打暈帶走？」

「還帶走？咱們是跑路，多一個人是負擔。」

「不然殺了埋掉？」
心腹瞪大眼。
大夥兒七嘴八舌地討論，最後虞巧巧舉手示意大家安靜。
她拿出一封信，放在心腹胸膛上。
「把這封信交給于飛。」她說：「不用再跟著我們，于飛若想找我，他知道去哪兒可以找到我，所以再繼續跟著我沒有意義，懂嗎？」
心腹立即點頭。
虞巧巧站起身，不再摁著他。
心腹從地上爬起來，他看了眾人一眼，最後看回虞巧巧，將信件收進衣襟，轉身施展輕功，幾個跳躍，便消失在他們眼前。
阿誠瞠目道：「怪怪，這傢伙像猴兒似的，轉眼就不見了。」
虞巧巧走到他們為自己準備的馬兒旁，躍上馬背，扯動韁繩。
「走吧，咱們去找梅冷月和菁兒。」說完，率先一夾馬腹，奔馳而去。
眾人也紛紛上馬，立即跟隨。
虞巧巧一行人白天策馬趕路，中途打了幾次野味做燒烤，借宿了幾次農家和獵戶家，終於在城門關閉前到達。

為了掩人耳目，他們化整為零，分批入城。

入城後，便再化零為整，在說好的地點集合。

「莊主，咱們今晚宿客棧嗎？」

阿立策馬來到虞巧巧馬旁，與她並行。他負責安頓所有人的吃住，倘若莊主要宿在客棧，他得趕緊去找，畢竟他們人不少，怕房間不夠。

「不，咱們去青樓。」

此話一出，阿立愣住，以為自己聽錯了，但他身後的其他夥伴卻聽得很清楚。

青樓、妓院，一直是男人的最愛，古今皆同。

眾人爆出一陣歡呼，阿誠轉頭朝眾人嚴肅制止。「低調低調，咱們是跑路來的。」回過頭，卻笑得見牙不見眼。「莊主，咱們去哪家？」

莊主不帶他們回桃花莊，卻選擇來此城，肯定對這地方熟門熟路。

「去摘月樓。」她說。

「好咧。」

阿誠很快將話傳給後頭的眾人。

平時在桃花莊，大夥兒只能看著青青、柳柳和圓圓三位美人過過乾癮，若有需求，就自己去找紅顏知己洩火。

沒想到，莊主竟會帶著大夥兒去青樓！眾男人精神振奮，先前遭遇的驚險以及一路的疲憊，在聽到摘月樓後全部煙消雲散。

人生至樂，抱著美人一夜銷魂，不過如此。

有人哈哈大笑。「摘月樓，摘的是哪一輪明月？」

另一人回答。「上弦月、下弦月、圓月，任君選擇。」

虞巧巧在前頭聽到了，回頭答道：「梅冷月在那裡。」

原本嘻笑的眾人突然一陣安靜。

虞巧巧每回來摘月樓都做公子打扮，但這一回她來不及扮男人，而是以女人身分出現。

老鴇聽聞有大批人馬到了，便匆匆趕來，一時沒認出她。

「這位姑娘，咱們這裡是男人來的地方，妳……」

虞巧巧跳下馬，大手往她的腰肩一攬，熟門熟路地往內走。

「居然不認得我了？妳這沒良心的小心肝，我在妳身上花的銀兩可不少，妳可不能趕我走。」

老鴇聽了一愣，這熟悉的語調和動作會施展在她身上的只有一人……

「虞公子？」

「欸！我的小心肝！」

老鴇恍然大悟，上下打量，驚呼道：「哎呀呀，原來是大美人，瞧我這眼拙的，公子您可騙得我好苦啊！」

「我騙色騙心騙感情，哪有妳騙我的銀子多，可不准賴帳呀！」

老鴇識人無數，又是個能說會道的，立即諂媚逢迎。

「放心放心，不管是虞公子還是虞美人，您都是咱們的財神爺，咱們姑娘任您挑選！」

「就挑妳吧，我好磨鏡。」

老鴇格格笑，手上絲帕甩了甩。「死相！人家人老珠黃了，給妳挑個年輕的。」

「不用，我就好雞皮鶴髮這一味。」

老鴇笑得更大聲。「討厭，人家沒那麼老啊！」

後頭眾男人瞠目結舌，全都驚得掉下巴，半天合不攏嘴，唯獨阿立見狀，竟是呵呵笑了出來。

阿誠驚問：「你還笑得出來？」

莊主比他們這些真正的男人還要更風流瀟灑，那手腕簡直就像是尋歡老手一樣。

阿立卻道：「為何不笑？咱們跟著莊主有吃有喝有的住，還能上青樓，去哪裡找這麼好的莊主？她比男人還大方能幹，我就喜歡她這性子。」

阿誠看看前頭與老鴇打情罵俏的莊主，再看回阿立。

「萬一她真好磨鏡……」

阿立橫了他一眼，目露鄙視。「你還當真？虧你跟了她多年還不了解她，若她真好磨鏡，梅冷月會願意來這裡？」說完搖搖頭，邁步跟上。

阿誠呆愣。「喂，什麼意思啊？」

「自己去想。」

阿誠沒來得及想明白，因為接下來的鶯鶯燕燕們將他們這群男人包圍，香氣撲腦，哪裡還能用腦？

虞巧巧給了老鴇一錠大元寶，交代道：「我這群弟兄身子康健，性子正常沒怪癖，姑娘們願意伺候的，就自己挑人伺候，不伺候也無妨，記住，不可勉強姑娘們，讓她們自己挑個心甘情願的才行。」

老鴇幹這行這麼久，也算看盡人情冷暖、世間百態，什麼樣的貨色沒見過，就偏偏沒見過虞巧巧這種客人。

來青樓尋歡的男人大都抱持著「有錢就是大爺」的心態，必須供著他們、敬著他們，大爺一個不高興甩巴掌，也不准妳哭，只能笑。

別看老鴇一副掏心挖肺的真誠樣，其實她的心早就冷了，沒心沒肺才能在這一行活下去，但虞巧巧這番話卻讓她冷硬的心難得有了點溫度。

老鴇的笑終於多了幾分真誠。

「行，就衝妳這句話，我樓子那些姑娘們每個願意真誠伺候。」

虞巧巧笑著吩咐阿誠和阿立。「你們兩個跟著去，看著弟兄們，不可無禮。」

這是要兩人去鎮住場子，告知弟兄們，由姑娘來挑人，想被挑上，就靠自己爭取。

阿誠嘻嘻笑。「行，咱們去，我和阿立肯定很多姑娘搶著要。」

阿立擰眉。「我……」

「你得去，不能拒絕。」阿誠胳臂一拐，把阿立強行架走。

老鴇則笑呵呵的跟著兩位公子一起去前堂，把這個消息告知所有姑娘。

虞巧巧笑了笑，毋須人帶路，自己熟門熟路地去找雪燕。

踏進雪燕的院子，迎接她的不是雪燕，而是多日不見的菁兒。

菁兒一得知她來了便飛奔過來，因此虞巧巧看到的就是菁兒紅著眼眶朝她奔來的模樣，整個人激動地投入她的懷抱。

菁兒從來沒有這麼激動過，哭得虞巧巧心肝都疼了。

她抱著菁兒，抬頭憤怒地瞪著走出來的梅冷月，大聲質問。

「說！你是不是欺負她了？」

「……」誰欺負誰了！

梅冷月冷冷睨著她，又看了哭得泣不成聲的菁兒一眼，丟了句。「這裡不方便，咱們進屋說話。」

說完便轉身進了屋。

第二十三章

雪燕專屬的院子有好幾間廂房，與青樓前堂隔了一個花園和月亮門，進出都有人守著，避免其他客人走錯或闖入。

這是虞巧巧的主意，她偶爾會過來住，當然要得舒服點，因此花銀子找工匠裝修，雪燕為此受惠，還招了其他姑娘嫉妒，有人異想天開想跟她爭寵，想把「虞公子」搶過去。

她們卻不知虞公子不是男人，而虞巧巧看上的是雪燕的聰慧，不是相貌，因此不管多美的女子都無法打動虞公子這個大金主，因此坊間傳聞雪燕肯定是天生媚骨，習得了特殊的床術，把虞公子迷得離不開她。

雪燕為此偷笑了好幾個月，當梅冷月帶著菁兒來找她時，雪燕立即把自己的院子讓給他們住。

虞巧巧是金主，亦是恩人，梅冷月也是為她治病的恩人，況且她知道虞巧巧給她住這麼寬敞的院子，擁有這麼多廂房，就是為了有一天方便她的人來住。

三人進屋後，雪燕立即喚人去備糕點，她自己則親自煮茶焚香，伺候三人。
虞巧巧摟著菁兒一塊兒走進花廳，用乾淨的帕子給菁兒擦淚。
「哭什麼，誰給妳受了委屈，告訴我，我給妳作主。」
菁兒這才不好意思地搖頭。「菁兒是擔心您，以為您被抓去了。」
原來那一日，梅冷月得知消息，六扇門抓了大批的刺客，全部收押，他立即去找菁兒，要把她送到安全之處，再回來找虞巧巧等人。
雖然菁兒平日與他保持距離，但知道梅冷月絕不會用這事跟她開玩笑，她沒有武功，留下也只是給人添麻煩，便收拾包袱跟他走。
梅冷月帶她離開時正好碰上官兵搜房，據說是在找刺客的頭兒，菁兒更是不敢耽擱，心中惴惴不安。
其實她和梅冷月也只比虞巧巧他們早半天到而已。
菁兒對自己這般無用很不好意思。
「讓大姑娘笑話了。」
虞巧巧擦著她的淚水，打趣道：「看妳哭成這樣，倒是讓我驚訝，還以為路上有人欺負妳呢。」

菁兒頓了下，鎮定道：「沒事，一路平安呢。」

她這個停頓雖短，還是被虞巧巧眼尖地察覺到了。

「我要洗澡，幫我備熱水。」

一旁正在斟茶的雪燕立即放下茶壺，福身嬌笑。「雪燕這就叫人去準備。」

「我跟妳去。」菁兒吸吸鼻子說道。

兩名女子相偕而去，花廳只剩下虞巧巧和梅冷月，她便開門見山地問了。

「你和菁兒之間有事？」

梅冷月瞥她。「無事。」

她切了一聲。「英雄救美，這麼大好的機會，你會不多加利用？況且這一路上孤男寡女，你們真沒一點進展？」

梅冷月卻是不答反問。「我才要問妳，妳和于飛之間有事？」

突然踩到她的痛處，虞巧巧整個臉拉下。「別提他了！」想想不對，又問：「你怎麼知道？」

「外頭傳言，官兵抓獲一批刺客，妳逾時未歸，官兵又在搜房，說要抓漏網之魚，我便知妳中了埋伏，先帶菁兒到此避一避，回頭再做打算，而妳只晚我們半日回來，我便知此事跟他有關。」

虞巧巧聽畢，恍然大悟。

她能猜到是于飛，梅冷月這個聰明人當然也能猜到，若不是于飛，她和大夥兒如何遭受埋伏？又若不是于飛，她和大夥兒如何離開？現在還能在此跟他大聲講話。

「從頭到尾都是一個局。」她忿忿道：「他要抓黑無崖。」

梅冷月一怔，狐疑地沈吟一會兒，驀地恍悟。「原來他早知道妳是刺客？」不愧是神醫，腦子轉得快，把前因後果想一遍，就能理出一個頭緒。

「他知道我是刺客，但不知我就是黑無崖。」

「難怪他會放了你們。」梅冷月想到什麼，笑了笑，語帶玩味。「看來他是真的喜歡妳。」

虞巧巧咬咬牙。「你怎麼不說他是怕受我拖累，才不得不放了我們？」

梅冷月搖頭。「他若怕受拖累，保妳即可，但他放了所有人，就不是怕拖累。」

「哼！他怕我傳出去，乾脆全放了，封我的口！」

梅冷月上下打量她，見她一身火氣，怒目瞪人，他唇角勾了勾。「我還以為妳很懂男人，看來也不是那麼懂得。」說完也不理她，逕自離去。

虞巧巧瞪大眼，他居然就這麼走了？該死！她問他的事，他一個字都不透露，反倒是問她的事，她全說了！

虞巧巧來回踱步，坐下來喝了杯茶，不一會兒又坐不住，站起身來回走動，心情甚是煩躁。

他說她也不是那麼懂男人？她憤怒拍桌大罵。「對！我不懂！我要是懂，豈會上他的當！」

真是氣死人！不想了，洗澡去！

于飛看著手中的信，挑了挑眉。

這是一封和離書。

「唔……」他沈吟了會兒。「她知道了呀……」

知道是他布的局，即便他蒙住她的眼、改變說話聲調，她仍舊猜出是他。

不愧是他的妻子。

于飛摸摸下巴，心想自己是哪一點露了餡？

他看向面前單膝跪地的心腹。「你是怎麼被她發現的？」

心腹愧疚地低頭。「屬下慚愧，屬下不是被她發現，而是被她騙出來的。」遂把當時情況說了一遍。

聽到她假裝中毒，把心腹引誘出來，于飛不禁低低笑了出來。

「原來如此，這確實是她會做的事，那麼多人詐你，你會上當也難怪。」他知道心腹的能耐，會派他去監視就是因為知道他來無影、去無蹤的功夫，能讓人察覺不到。說實在，心腹也是受到他的牽連，她都能猜出是自己布的局，必然也能想到他可能派人去跟蹤她。

「罷了，這件事錯不在你，你能在危急之際去搶救她也是受我之命，起來吧。」

「謝主子。」心腹鬆了口氣。

于飛食指敲著桌面，略微思考了下，對他道：「羅煞可能會收到風聲，你去盯著他們，若有異動，即刻回來稟報。」

聽到新的任務，心腹面色一凜。「屬下遵命。」

心腹離開後，于飛看向和離書，失笑了下，走向一旁的燭臺將和離書燒了，直到它化為灰燼。

連和離書都寫了，可見他娘子氣得不輕。

唉，是他失策，他怎麼都想不到，她就是黑無崖本人。

當他知道她就是黑無崖時，他便知道這件案子是辦不了了。

他千算萬算，唯獨算不到黑無崖是她，打壞了整個局，他不但不能抓她，還得趕緊把人放了。

幸虧這事沒人知道，不然還真難收拾。

「于哥。」門外有人敲門。

他上前打開門，鍾泰走進來，一肚子悶氣。

「查不到。」他說：「我盤問了所有人，沒人知曉那迷藥是怎麼下在飯裡的。」

鍾泰一臉恨恨地握拳擊案。「好不容易抓到羅煞的刺客，竟被他們逃了！」

羅煞是通緝榜上排名前三的大案子，也是朝廷要剷除的江湖門派，羅煞殺人不眨眼，只要出得起賞金，他們不管目標是不是朝廷命官，一律斬殺。

他們花了那麼多工夫去埋伏，成功制伏刺客，于哥出的主意，以網捕捉，施以軟骨散，不但可以一網打盡，還能避免刺客服毒自盡，留的活口越多，越有機會拷問出羅煞所在的秘密地點，剿了他們的大本營。

于飛亦是嘆氣。「我也是沒想到，抓了那麼多活口，本以為這次終於能拷問出點線索，沒想到他們留了一手，竟給他們逃了。」

其實之所以要全留活口是因為他怕傷到虞巧巧，刺客都蒙著面，看不出誰是誰，唯一最保險的做法便是設陷阱、用迷藥，避免傷亡。

鍾泰一臉納悶。「我覺得這事有點奇怪。」

于飛抬眼。「哦？怎麼說？」

「咱們守衛森嚴，飯食派了小趙他們四人嚴格把守，對方還能神不知鬼不覺地混進灶房下迷藥，這也太玄了。」

于飛垂下眼。「只能說，咱們還是低估了羅煞的實力。」

鍾泰想了想，朝他走近，壓低聲量。「會不會……咱們裡頭出了內鬼？」

于飛眸中閃過精銳，面露詫異地抬頭。「會嗎？」

「我越想越不對勁，肯定有內鬼。」

「這……咱們弟兄都是可信之人，若無證據，不能亂猜。」

「不，我不是亂猜，其實我早就懷疑一個人。」

于飛對上他的目光。「誰？」

鍾泰直直盯著他。「你……」

于飛手指動了動，袖裡的刀悄悄滑下，握在掌中。

「你派去負責採買的杜七，有人看見他與薛凌東走得很近。」

于飛頓住。「……有這回事？」

「我懷疑他被薛凌東收買了。」

薛凌東那批人與他們是死對頭，兩派人馬為了搶功，大夥兒爭得你死我活。

鍾泰懷疑杜七洩漏了消息，讓薛凌東知道他們盯上了羅煞，薛凌東怕他們這夥人真逮住了羅煞，為了破壞，他找人偷偷下藥，好讓他們功虧一簣。

杜七與薛凌東走得近，那天剛好又是他守灶房，鍾泰找不到外人潛入的痕跡，而在四個人眼皮子底下下藥，實屬不可能，唯一能做到的便是守灶房的那四人。

杜七的嫌疑很大。

于飛將袖裡的刀收回，一臉沈重。「若是薛凌東搞的鬼，咱們可就麻煩了。」

「必是他！」鍾泰恨得牙癢癢。「那廝行下作手段可不是第一次了。」

于飛道：「你說得有理，若是真有暗鬼，咱們得盡快處置，不過在沒有確切證據之前，不可過早說出來，免得冤枉人家，畢竟是一起出生入死的兄弟，若傷了和氣，以後會心存芥蒂，對大家都沒好處。」

「我明白，所以我就先跟你通個氣，讓你心裡有數，這事得暗中查。」

于飛點頭，拍拍他的肩。「我知曉，放心，真有什麼事，這個責任我來擔，不能拖累你們。」

鍾泰不依了。「什麼拖累？咱們一起辦案，有事當然是一起擔。」

于飛搖頭。「這次的行動畢竟是我主導的，若真是杜七被收買，只能說我識人不清，沒察覺他的異樣。總之，到時候若薛凌東把這事捅到上頭，說咱們讓人犯逃了，上頭若要治罪，不管如何，總要有人來擔這個責，到時候我來擔，你負責安撫弟兄，別讓大夥兒鬧事。」

「可是——」

「聽我的。」

鍾泰一臉難看，跟吃了蒼蠅似的憋悶。

于飛笑道：「只是預防萬一，這事還沒個準頭呢，說不定真冤枉了杜七，是薛凌東故意讓咱們自己人鬧內鬨。行了，這事你知我知，先壓著別讓第三人知道。」

鍾泰深深地吐了口氣。「知道了。」

兩人又說了其他事，待鍾泰離開後，于飛摸摸下巴。

「薛凌東……嗯，這個主意太好了。」

于飛第一次發現，自己挺欣賞薛凌東的，他抓了刺客，又放走刺客，當時情急，怕事後有心人查到疑點，若能把這事轉移到他人身上，就能掩蓋住他把人放走的真相。

薛凌東，一個強而有力的競爭者，于飛發現，他真的很需要薛凌東。

在摘月樓待了三日後，虞巧巧決定回桃花莊。

這次抓彭知府的行動，虞巧巧栽了個大跟斗，全都歸咎於她識人不清，做出錯誤的判斷，因為她的失策，連累了大夥兒。

她決定好好彌補眾人。

刺客的工作性質會讓腎上腺素飆升，做愛是抒解壓力最快的一種方式，因此她大肆揮金，在摘月樓待了三日，讓美人作陪，也讓她的人馬能夠抒壓。

由於她讓姑娘們自己挑人，姑娘何曾有過這種待遇？竟然可以挑自己喜歡的客人，不喜歡也不用勉強自己去伺候男人，這讓姑娘們欣喜，反倒讓她們紛紛更願意去侍奉。

況且黑岩的男人確實不差，個個身高腿長，體格結實，也沒沾染什麼不良嗜好，更沒有心態扭曲，反而性子爽朗。

最後每個人都被挑中，無人落單，這三天中，男人盡興，女人也滿意。

虞巧巧讓大夥兒遭難，差點丟了性命，這是她補償的方式，讓大家這三天好吃好睡又盡情紓解壓力。

而這些姑娘們每人都得到一筆可觀的報酬，因為是自己挑的男人，所以她們在這場歡愛中也得到了滿足，可謂雙贏。

三日後，當她領著眾人出發時，摘月樓的姑娘們全都出來送客，有的還送上自己繡的荷包，有的為男人整整衣襟，有的還幫男人準備路上吃的乾糧，那依依不捨的模樣，彷彿在送自己的丈夫出遠門。

老鴇看了這情景，禁不住嘆了口氣。她在青樓這麼多年，還沒見過姑娘們對尋歡客如此不捨呢。

其實莫說那些姑娘，老鴇自己也對「虞公子」依依不捨，反而嫉妒起雪燕來了。

「唉，我若年輕個十來歲，您若是個男人，我肯定追著您跑，哪輪得到雪燕霸占您呢？」

雪燕在一旁聽得格格笑。「聽說媽媽年輕時，容貌驚豔四座，花名聲名遠播，多少公子、大爺拜倒在您的石榴裙下，幸虧媽媽出生得早，不然哪有我一口飯吃呢。」

雪燕嘴甜，諂媚不會太多餘，讚美也恰到好處，老鴇明知她是故意討好，但這話說出來就是讓人覺得舒服。

「青出於藍更勝於藍，妳自己優秀，才讓虞公子對妳青眼有加。」

「是媽媽不吝指導，雪燕才有今日。」

兩人互誇一番，各自用帕子掩嘴笑了。

虞巧巧此時已經換作男裝打扮，變成了風度翩翩的虞公子，一左一右攬著老美人和小美人。

「兩人都好，各有千秋，上凸下翹都是肉，我都喜歡。」

這葷話把兩人都逗樂了，笑得眼淚都流了出來。

這三日，虞巧巧安排的「勞軍」成功，個個精神飽滿，身形筆直，早沒了三日前的萎靡和疲累。

梅冷月也上了馬，他仍是一襲白衣，俊雅飄逸得如一位謫仙，但他清冷的氣質讓他周遭全部淨空，沒有一個人敢接近，因為姑娘們都知道此神醫只能遠觀，不可褻玩。

梅冷月對此視若無睹，他的目光只盯著一個人，菁兒。

菁兒臉上蒙著面，只露出眼睛。

摘月樓的姑娘都知道虞公子有個貼身丫鬟，這丫鬟臉上有醜斑，因此必須蒙面遮醜。

但是那俊美無儔的梅神醫，一直盯著那醜婢是怎麼回事？

姑娘們雖然不敢接近神醫，但管不住一雙眼去偷瞧人家，自然也發現了梅神醫的目光一直看著蒙面醜婢。

菁兒知道自己貌醜，因此人多時始終儘量降低自己的存在感，偏偏有人就是要破壞她的計劃。她本來也沒發現，是因為其他人異樣的眼光才讓她發現梅冷月正盯著她。

以往對他直白投來的目光，她總是視而不見，不過那是在桃花莊，大夥兒都已經見怪不怪，沒人會覺得奇怪。但此時在摘月樓前的大街上，人來人往，看到這麼多人騎馬，也都會好奇地駐足，多瞟幾眼。

菁兒禁不住捏緊手中的韁繩，她想忽視旁邊那雙熾人的目光，可偏偏眾人疑惑的眼神一直提醒著她，讓她想裝作不知道都不行。

她終於忍不住，狠狠地瞪了過去。

梅冷月對她瞪來的目光不但不避，反倒勾起唇角，回以微笑。

「……」菁兒眼角抖了抖，這情況不但沒改善，反而更惹人注意了。

虞巧巧在老鴇和雪燕臉上各香了一個。「好好照顧自己，我不在的時候，大老婆不要欺負小老婆，小老婆不要頂撞大老婆，要和平相處，不要打架，知道嗎？」

老鴇呿了一聲，罵了聲「死相」，雪燕則笑得彎腰。

虞巧巧跳上馬，扯動韁繩，對眾人發號施令。「出發！」

眾男人齊聲應和，紛紛與姑娘們告別，策馬隨後跟上。

一行人朝城門前行，直到出了城門，遠離熙攘的人群，虞巧巧才一夾馬腹，率先奔出。身後眾人也像是出籠的鳥兒，策馬馳騁，朝著他們的家——桃花莊奔去。

第二十四章

經歷這次有驚無險的任務後，眾人回到桃花莊才有了劫後餘生的感覺。

摘月樓雖然好，但還是比不上桃花莊，這裡才是他們的家。

一回到桃花莊，虞巧巧喚來留守的人，問他們不在的期間，是否有什麼事？

留守的人一一向她稟報，而青青、柳柳和圓圓也熱情地來伺候她，為她捶肩、捏腿、泡茶。

三名美人如往昔般圍著她轉，想聽聽這次出任務時有什麼有趣或刺激的事？畢竟每回莊主回來就會像說書先生說故事一般，講得精彩絕倫，逗得三人時驚時笑。

但是這一回當她們提出想聽故事時，莊主卻沒像以往那樣講故事逗她們。

虞巧巧突然收起笑容，淡淡地回應。

「我累了，妳們退下吧。」

三名美人皆是一愣，不明白自己說錯了什麼？但見莊主一個淡漠的眼神瞟過來，她們立即閉上嘴。

莊主平時雖然隨和親切，可是當莊主露出嚴肅的一面時，會看臉色的她們也知道要適可而止，依言恭敬地退下。

原本她們以為莊主是真的累了，休息幾日就好了。

結果一連三日，莊主都一臉懨懨的，第一天還會逗逗她們，但後來連逗都不逗了，不耐煩地對她們擺擺手。

「我心煩，別來吵我。」

三名美人都很驚訝，頭一回感到危機，她們是依靠莊主的寵愛而活的，所以在莊子裡沒人敢欺負她們，若是莊主不再喜歡她們了，那往後她們靠什麼倚仗？

思及此，三名美人慌了，她們思來想去，莊主是出任務回來後就不對勁的。

平時她們不太搭理菁兒，但這一次，她們主動去找菁兒問個清楚。

「妳快說，發生什麼事了？」

「莊主不高興呢，是不是這次出師不利？」

「可是大夥兒回來時開開心心的，看不出來呀。」

三名美人圍著菁兒，但菁兒卻對她們搖頭。「我不知道。」

「妳怎麼不知？妳不是跟去了？」

菁兒向來嘴巴嚴，不喜說三道四，而莊主不說的事，她更不可能說。

「我雖然去了，但也只是去伺候莊主，一直待在房間裡，妳們若想知道，就去問阿誠和阿立，他們跟著莊主，知道的肯定比我多。」

打發了三人，菁兒便不理會她們，直接關門，避不見客。

三人在屋外罵罵咧咧發了一陣牢騷後，只好離開。

菁兒見三人終於走了，嘆了口氣。

其實她也知道莊主不高興，本以為過幾日就好了，但顯然不是這麼一回事。

隔日一早，菁兒起身去伺候虞巧巧漱洗，虞巧巧見到她，伸手托起她的下巴。

「沒睡好？」

菁兒尷尬道：「沒事。」

「眼睛都是血絲，還說沒事？」

菁兒嘟嘴。「莊主不也一樣睡不好？」她今晨來便發現莊主多了黑眼圈呢。

虞巧巧哼道：「我是忙，所以晚睡。」

菁兒才不信，她咬咬唇，似是下了決心，鼓起勇氣開口。

「菁兒覺得……過日子嘛，平安最重要，大夥兒這些年能過著豐衣足食的日子，都是因為莊主，菁兒常想，若是沒遇到莊主，菁兒恐怕到現在還在日日熬夜做繡活，賺著幾文錢，省吃儉用，跟著其他繡娘一起睡大通鋪呢。」

虞巧巧聽了，咧嘴一笑。

「喲，菁兒在想辦法安慰我呢。」

她忙道：「不，不只是安慰，也是實話，菁兒是真心的。」

虞巧巧看著她，終於嘆了口氣，承認道：「這一次，我輸得很慘。」

「莊主……」

「放心，我沒事，妳說得對，大家平安最重要，我只是不爽罷了。」

「莊主從前總是教我們，勝敗乃兵家常事……」

「哼，那要看贏的人是誰。」

菁兒頓住，瞧莊主一臉忿忿不平，她輕輕幫莊主捏腿，思考著措辭，小心地開口。

「莊主是在氣姑爺？」

當虞巧巧利眸掃來時，菁兒縮著脖子，一副怕被責怪的可憐樣。

「梅冷月告訴妳的？」

菁兒一臉無辜地點點頭。

虞巧巧氣笑了。「那傢伙什麼時候變成大嘴巴了？嘖，見色忘友！」

「莊主別怪他，是我在路上見莊主不開心才去問他的。」

虞巧巧當然不是真的生她或梅冷月的氣，她氣的是于飛。

以往出任務也不是沒有失敗過，就拿上一回刺殺杜成才來說，雖然失敗，卻沒這麼氣餒，但這一回她不只生氣，還很煩躁，甚至鬱鬱寡歡，做什麼事都不起勁。

她也不想這樣，但就是悶悶不樂，她也不知道自己怎麼了？在摘月樓那三天，她還能高高興興地喝酒玩樂，逗逗姑娘們，彷彿不把失敗放在眼裡，可一回到桃花莊後，那煩躁的情緒便一直困擾她。

她也不知道自己怎麼了，覺得做什麼都沒興致，也什麼都不想做。

她討厭這樣的自己！

她煩躁地抓了抓頭髮，瞥見菁兒在偷偷打量她，讓她氣不打一處來。

「梅冷月告訴妳？怪了，妳不是不理他？怎麼現在會找他說話，跟他好上了？」

菁兒瞪大眼。「我才沒跟他好上呢。」

「少來，別以為瞞得過我，妳跟他之前肯定發生了什麼事，說！」

正好，她從梅冷月那兒問不到，那就問菁兒。

菁兒一見不妙，莊主這是自己不想說，便決定來逼問她，一副打破砂鍋問到底的架勢。

她轉了轉眼珠子。「莊主不想說，那我就不問了，您休息，不打擾您了。」說完作勢要跑，但虞巧巧豈肯罷休？是對方先挑起話題，就別想打住，正好自己也想轉移注意力，遂上前抱住菁兒。

「想跑？來不及啦，快說，今日妳不說個清楚，就不准妳睡覺。」

菁兒驚呼，被莊主耍賴地搔癢，害她又笑又叫，拚命求饒。

「莊主，莊主！」門外有人喊著，讓兩人停下嘻鬧。

「什麼事？」

「姑爺來了。」

屋裡突然安靜無聲，門外報信的手下見屋裡沒應聲，正想再開口詢問時，門突然被用力打開，當見到莊主時，手下被莊主渾身的殺氣給嚇得後退了一步。

「你說誰來了？」

「是……是姑爺……」

虞巧巧瞪了他一眼，接著看向前院的方向，露出冷笑。

「好啊，他居然還有臉來？」
身後的菁兒也是一臉驚訝，見莊主猛然回身，走進屋子，拔下掛在牆上的刀後，再度出屋。
「很好，我去會會他。」
莊主拿著刀一副要去砍人的架勢，把手下和菁兒都驚了。
菁兒暗叫不好，忙吩咐手下。「你快去找阿誠和阿立，不然要出人命了！」
手下這才回神，忙應了聲，匆匆趕去。
菁兒焦急地來回踱步，接著似是下了決心。
不行，光靠阿誠和阿立還不夠，說不定他們不勸和，還幫著莊主一起殺呢，她得趕緊去找救兵。
而此時此刻，她不得不承認，只有一個人有能力阻止，那就是梅冷月。
于飛才剛把馬匹交給門房，一轉身，便瞧見虞巧巧拿著刀大步走來。
他挑眉，好整以暇地看著她走過來，離自己十步遠時停住。
「你來做什麼？」她冷聲質問，盛氣凌人。

「我來找我的娘子。」

虞巧巧冷笑，手中的刀指著他。「我可沒有夫君，咱們和離了。」

「和離書我燒了。」

虞巧巧瞇細了眼。「燒了？那又如何，我可以再寫一百張和離書，甚至花銀子去官府把這手續辦了，今後你走你的陽關道，我過我的獨木橋，各自過活，從此不相干。」

這時候阿誠、阿立已經聞風趕來，虞巧巧大聲命令。

「來人，送客！」

阿誠和阿立兩人對看一眼，不管對方是什麼來頭，他們當然是聽莊主的。

兩人上前擋在于飛身前，肅穆道：「抱歉，莊主有令，還請閣下離開。」

于飛瞧了兩人一眼，不怒亦不慌，慢條斯理地拿出一個卷軸，遞給他們。

「麻煩兩位將此畫像交給她。」

阿誠和阿立頓住，狐疑地看了眼于飛手中的卷軸，最後是阿立伸出手收了畫。

于飛把東西交了出去，也不抗議，笑了笑，轉身朝一旁的門房走去，把剛剛交給門房的馬兒又牽回來。

「打擾了。」

他牽著馬兒逕自往外走，這時梅冷月、菁兒及其他人也紛紛來到前院。
阿立將畫交給虞巧巧，虞巧巧將刀收起，拿了畫，一臉狐疑。
這男人大老遠的來找她，就為了給她一幅畫？
其他人都很好奇，阿誠和阿立也想知道，盯著莊主手中的畫。
虞巧巧也很納悶，便當場解開畫軸的圈繩，當眾打開。
被打開的畫軸呈現在眾人眼前。
「咦？是一幅美人圖呢。」阿誠說。
有人笑了。「他該不會是想告訴咱們，他看上了哪個人，想娶來做妾？」
「豈有此理！他把咱們莊主當作什麼了？」眾人罵聲四起。
虞巧巧看著畫中的美人，只覺得有點眼熟，正回想自己在哪見過時，突然從旁伸出一隻手，將她的畫搶過來。
虞巧巧驚愕，梅冷月連個招呼都不打，便將畫軸捲起來。
「喂，你怎麼——」她止住，因為她的視線越過梅冷月，瞧見了菁兒。
只見菁兒臉色蒼白，狀似驚恐，彷彿受到什麼驚嚇。
虞巧巧怔住，接著心中醒悟——

她知道畫中人是誰了！

那畫中的美人是菁兒——沒有醜斑的菁兒。

虞巧巧猛然回身，大聲喝令。

「快去把那傢伙給我追回來！」

屋中，于飛、虞巧巧、梅冷月以及菁兒四人，正坐在虞巧巧的書房內。

桌上攤開的是那幅美人畫，應該說，是只有描繪出線條輪廓的通緝畫像。

畫像旁寫了被通緝的名字：周靜，女，年十四。

十四歲的周靜與十八歲的菁兒，差別只有臉上的斑而已，如果拿掉臉上的斑，就能看出相貌確實很像菁兒。

菁兒垂著眼，神色蒼白。

事到如今，她也無法再隱瞞了，該來的總是會來，是福是禍，聽天由命。

虞巧巧早知菁兒隱瞞了一些事，瞧見于飛帶來的通緝畫像後，再聯想上次菁兒在外頭神色慌張的模樣，她便明白了。

虞巧巧看著于飛，直接問道：「你待如何？」

于飛挑眉。「妳不問問她被通緝的原因？」

「不需要。」她說：「我的人我心裡清楚，不管是什麼原因，她肯定是冤枉的。」

菁兒驚訝地抬頭看向莊主，原本如死水般的眼眸燃起了光芒。

虞巧巧朝她投去安撫的一眼，對于飛道：「你帶畫像來的目的不外乎有二，一是捉拿她，二是威脅我，你只需告訴我，你要什麼？」

事關菁兒的一生，虞巧巧非常重視，她很清楚這些古代女子們是社會的弱勢族群，一出生就注定了一生只能靠男人。

出嫁前靠爹，出嫁後靠丈夫，丈夫死了靠兒子，兒子若沒了，還得想辦法改嫁，或是過繼一個兒子。

菁兒常掛在嘴邊說，因為遇到她，自己才能過現在的日子。以前虞巧巧只當她是在表達感恩，現在虞巧巧明白了菁兒說這些話的言下之意，她是在告訴她，若不是遇到她，自己肯定活得不像人。

現在，她做主子的若不出來為她撐腰，這張通緝畫像就會毀了她的未來。

虞巧巧絕不允許這種事發生。

于飛看著她冷靜的眼，心想就在不久前她對他還充滿了怒火，可一得知菁兒的事，她便能立即恢復冷靜。

她是個好主子。

為了救她的手下，她可以暴露身分，將黑無崖的秘密公諸於世。

為了救菁兒，她可以暫時放下兩人的恩怨，與他冷靜談判。

她對她的人有情有義，那是因為她心中有他們。

那他呢？如果他也走進她的心，她對他是否能情意深重，成為他的好妻子？

于飛抿唇，他發現自己只得到她的人遠遠不夠，他更想得到她的心。

第二十五章

虞巧巧擺明了要保菁兒，不管是誰，都不能帶走菁兒。

「說吧，你有什麼條件？」

于飛擰眉。「條件？」

「你拿她的通緝畫像過來，而不是直接來抓她，不就是想提出條件嗎？」

于飛看著她，她目光冷凝，語帶嘲諷，早已不復往日。

「難道我在妳眼中，就是這樣的人？」

他不提還好，他一提，她就忍不了了，她早就窩了一肚子火。

「若不談條件，你會這麼好心？」

為了抓黑無崖，連她都可以利用。

「咱們就別裝了，打開天窗說亮話吧！于飛，江湖人稱笑面虎，專破大案，說真的，我挺佩服你的，為了破案，你手段夠狠，心也夠硬，在這一點，我甘敗下風，我也不是輸不起的人，大家也別藏著掖著了，把話說明白，對兩人都有好處，只是別再跟我演戲，也別用什麼苦肉計，我不吃這一套了。」

撇開男女情感，虞巧巧不得不承認，于飛非常優秀，為了達成目的，連婚姻都可以犧牲。

她唯一犯的錯，就是太低估他了。

果然美色誤人，不只美女危險，俊男也一樣。

雖然佩服，但她依然有情緒，畢竟被騙婚的是她啊！

要她像以前一樣給他好臉色，她實在做不到，要不是為了菁兒，她根本不屑再見他。

她話中的功利和無情，無疑是將他看成了薄情無義的男子。

于飛終於沈下臉。「我演戲？我對妳的一切，妳當成是假的？我救妳，妳當成苦肉計？」

「不是嗎？你早知我是刺客，卻還要娶我，枉我當初還對你心存愧疚，原來我早就中了你的計，你這一計連一計的，把我的人全困死了，是我技不如人，輸得心服口服，因此咱們也別繞圈子，還是講明白吧，我要付出什麼代價，你才願意放過菁兒。」

很好，他用盡心思為她謀劃一切，結果這女人全當成了驢肝肺。

于飛抿唇。「我不知道妳是黑無崖，如果早知道……」

虞巧巧聽了又一肚子火，如果早知道就不娶她了嗎？

她額頭青筋突突地跳，極力保持冷靜，告訴自己辦正事重要，事關菁兒的一生，兒女情長什麼的，不值一提。

然而，她不知道，有些感情一旦入了心，就不受自己控制。

她是黑無崖又如何？怕她拖累他？怕他大好前途因她而毀？

當初是誰死皮賴臉的來招惹她，是他自己調查不清，怪誰？

娶一個刺客，他可以跟人解釋是為了下餌來抓黑無崖是吧？但是不小心娶了黑無崖，他的理由就說不通了。

難怪他要放了她，還放掉她所有的人馬，只因為他要與她撇開關係，絕不能讓人知道，他六扇門于飛娶了通緝中的黑無崖，那會被人笑掉大牙，還會賠上他的大好前程。

「你放心，我這人也是一言既出，駟馬難追，絕不會拖你的後腿，你要提的是保密的條件吧？不能讓人知道你娶了個刺客頭兒，我懂，這條件我接受，其實你根本不用擔心，因為菁兒的把柄在你手上，所以我們根本不敢掉以輕心，為了保她，肯定要保你，這個條件很好，我接受了。」

以菁兒作為條件要脅，真是太聰明了，他們還不敢不聽，甚至還會拚死護住這個秘密。

于飛聽完，這一次，他沒有笑，只是看著她，冷道：「原來妳是這麼看我的。」

「不是嗎？」

于飛漠然地站起身。「虞巧巧，我若真要使手段，妳和妳的人早就蹲大牢了，妳也不會有機會站在這裡對我冷嘲熱諷。」說完，他突然看了梅冷月一眼。

梅冷月接收到他帶有敵意的目光，尚未理解，便見他頭也不回地轉身走人。

「站住！」虞巧巧喊道。都還沒給個答覆，人就走了？

于飛停下腳步，只給她一個側臉。

「放心，她不會有事，我于飛做事還不需要靠威脅女人來達成目的。」

這一次，他不再停留，大步離開。

虞巧巧目送他離去，咬著唇，心頭忽然有些失落。

待她回神時，見梅冷月也在看她，她便道：「看我幹麼？」

「妳把他氣跑了。」

「氣跑又如何？他剛才說了，菁兒不會有事。」

「妳相信他？」

「放心，他既然說菁兒沒事就沒事。」她煩躁地揮手。

梅泠月突然涼涼地說：「妳剛才表現得好似不信任他，可是這會兒卻堅定的相信他的承諾，虞巧巧，妳到底懂不懂自己在做什麼？」

虞巧巧被他說得一愣，不等她有反應，梅泠月便轉身出去了。

于飛走得很快，才剛上馬，突然有個人影晃到馬兒面前。

「于兄。」

于飛頓住，低頭看向梅泠月。

「借一步說話。」

「沒什麼好說的。」

于飛扯動韁繩就要策馬離去，但奇怪的是，馬兒卻不動了。

他用力一夾馬腹，但馬兒動都不動，絲毫沒有反應。

于飛驚訝，隨即戒備地看著梅泠月。

「你對我的馬動了手腳？」

「放心，牠沒事。」
于飛直直盯著他。
梅冷月與他對視，兩個男人冰冷的目光在空中相撞。
對方竟能讓牠的馬動彈不得，必是下了什麼毒。于飛左手手指動了動，起了殺意。
梅冷月看著他道：「我的女人從不欠另一個男人的恩情，我自是替她還。」
于飛臉色更冷，如寒冰厚雪，周身殺氣也更盛。
「你若能抹去菁兒的案底，我願贈送這瓶救命神丹當作報酬。」
于飛一愣，繼而狐疑。「菁兒？你的女人？」
「還不是。」梅冷月道：「不過遲早是。」
于飛看著他，眼中殺意已滅，打量了梅冷月一會兒，似是了悟什麼。
「行，咱們談談。」
于飛下了馬，反正馬也不能動了，而他對這位江湖傳聞的神醫，倒是起了談興。
梅冷月朝院中看去，有不少人探頭，阿誠和阿立也在，他對于飛道：「此處不宜，不如到我院中一坐。」
于飛也看了院中一眼，點頭道：「有勞。」

兩人便一起朝梅冷月的院子走去。

阿誠見狀，嘖嘖稱奇。「怪了，這兩人居然聊起來了？」

梅冷月雖然住在桃花莊，但他是出了名的孤僻，除了莊主可以跟他說上話，大部分時候梅冷月都是一個人，誰也不理，甚至有時候他也不理莊主。

也正因為他這漠冷的態度，因此沒人想得到他會對菁兒有意，直到那次比武他自己提出來，把大夥兒給驚到了。

阿誠摸著下巴。「難不成他男女通吃？」

阿立斜了他一眼。「他是為了菁兒的事。」

阿誠怔住。「誰？」

「兩個都是。」

阿誠先是頓住，繼而想明白了，于飛帶著菁兒的畫像來，向來孤僻的梅冷月肯主動跟于飛攀談，必然是為了菁兒。

不過他們瞧得很清楚，于飛從書房出來時臉色很不好，看似有怒火，那是他們第一次瞧見這位總是帶笑的笑面虎臉上沒了笑容。

這代表于飛與莊主必然因為什麼事而產生不愉快，這事定與菁兒有關。

阿誠很想知道發生什麼事，但莊主沒讓他們旁聽，只吩咐他們在前面守著，不准任何人接近書房。

其實他們想知道也是因為關心菁兒，于飛帶來的畫像上，那分明是菁兒。沒有醜斑的菁兒。

于飛在六扇門的身分，讓人不得不聯想到菁兒是不是牽扯了什麼見不得人的大事？來到桃花莊的每個人都有自己的故事，像阿誠和阿立是孤兒，最後淪落街頭變成乞兒，這是大夥兒都知道的事。

在桃花莊，沒有誰會因為誰的出身而瞧不起誰，因為莊主常教育大夥兒。

「你不能決定自己的出身，但你可以決定自己的未來。」

「英雄不怕出身低，英雄怕的是難過美人關，所以要做英雄之前，先管好自己的下半身。」

「一個人要成功，看的是他的腦子裡裝什麼東西，如果裝的是屎，富家子弟也會變成無用的廢物。」

以上這些話都是莊主灌輸給大夥兒的，他們莊主能言善道，說出的話還真能發人深省。

什麼樣的頭兒，帶出什麼樣的手下。

耳濡目染之下，大夥兒還真沒人在乎身分地位這種事，所以不管菁兒過去發生何事，他們也絕對不會瞧不起她。

如果菁兒需要幫忙，大夥兒絕不會棄她於不顧。

虞巧巧正在氣頭上，當著于飛面前，她數落得義正詞嚴，嘲諷得心安理得，可是當他負氣離去時，他最後留下的那句話，竟在她腦海裡盤旋不去。

我若真要使手段，妳和妳的人早就蹲大牢了，妳也不會有機會站在這裡對我冷嘲熱諷。

當時她一時氣怒，因此對他冷嘲熱諷，認定他是來談判的，反正兩人都有對方的把柄，只能互相妥協，她也不怕得罪他。

但在他離開後，她卻突然覺得心裡空落落的，反倒他臨走前說的那句話以及當時他失望的神情，一直在她腦中揮之不去。

他那生氣的模樣，好似她才是那個對不起他的人。

虞巧巧只覺得一陣煩躁，她告訴自己，以後橋歸橋、路歸路，大家井水不犯河水，沒有他，她照樣過得很好，省心！

正當她煩心時，一轉頭，不禁驚訝。

菁兒正跪在地上，眼淚婆娑。

「莊主，是我連累了您。」

虞巧巧立即上前將她拉起身。「就這麼點小事，有什麼好哭的？通緝算什麼，別忘了，我可是朝廷通緝的要犯，我都不怕了，妳怕什麼？」

「可是菁兒還害得莊主和姑爺夫妻失和。」

「……」不，他們根本不算夫妻，都還沒洞房就要和離了。

虞巧巧知道自己一臉煩躁讓菁兒誤解了，所以才會愧疚地下跪。

「與妳無關，我和他之間有些利益上的衝突，所以才不高興，妳別想太多，況且他既然保妳無事，就一定會做到……」她愣住，即便她氣他，可是心裡對他還是信任的。

梅冷月也對她提出這個問題。

為什麼？為何她會如此信任他？他騙了她呀！

難道我在妳眼中，就是這樣的人？

我演戲？我對妳的一切，妳當成是假的？我救妳，妳當成苦肉計？

我不知道妳是黑無崖，如果早知道……

于飛控訴的眼神縈繞在她腦海裡，他覺得冤枉？他是不是還有什麼話沒說？

虞巧巧越想越煩，氣得拍桌。

「馬的！說話不清不楚的，有誤會就講明白啊！跟我道歉一下會少塊肉嗎？」

菁兒撲地又下跪。「對不起！」

「不是不是，我不是說妳……」

突然，阿誠前來稟報于飛沒走，而是被梅冷月請去院中了。

虞巧巧一聽，不敢置信。

「梅冷月邀請他？」

「是。」

阿誠把當時的情形說了一遍，本來他們瞧見于飛臉色難看，誰也不看，直接上馬就要走人，可梅冷月上前，不知跟他說了什麼，讓他改變主意下了馬，跟著梅冷月去他的院子。

虞巧巧一聽，立刻明白怎麼回事，一臉豔羨地看向菁兒。

「瞧，妳雖然對人家不屑一顧，可是人家梅大神醫卻為了妳放下身段，去找于大人培養感情呢。」

「……」菁兒看著莊主亮晶晶的雙眼，心想剛才還一臉煩躁的莊主，這會兒好像挺高興的。

莊主其實很在乎姑爺，知道姑爺沒走，莊主就不煩躁了。

至於梅冷月……菁兒低下頭。「我給大家添麻煩了。」

「不麻煩不麻煩，有梅大神醫出馬，肯定不會有事。」虞巧巧笑得一臉燦爛，她了解梅冷月，他肯出馬，必然是有把握。

聽到于飛沒走，而是去了梅冷月的院子，虞巧巧心情確實好多了，在冷靜下來後，她開始深思，自己是不是誤會他什麼？

他那句「早知道」，下面的話到底要說什麼？

虞巧巧內心抓心撓肺，但在他人面前，她是不會表現出來的。

好不容易等于飛離開，虞巧巧立即帶著菁兒去找梅冷月。

「說吧。」她也不拐彎抹角，劈頭就問。

桌上的茶還熱騰騰的，爐上的茶水還在燒，屋中茶香四溢，用的是上好的君山銀針。

梅冷月竟用上等茶招待于飛，虞巧巧更相信他與于飛肯定達成某種協議。

梅冷月瞧著「不請自坐」的她一眼。「說什麼？」

「當然是說菁兒的事，你找于飛不就是為了救菁兒嗎？」

梅冷月的目光落在菁兒身上，她始終低著頭，不發一語。

「我找他確實是為了菁兒的事。」

「如何？」

「我已告訴他所有事發原委，他願意查明，還菁兒一個清白。」

虞巧巧聽了心喜，同時又冷笑。「算他還有良心——咦？等等，你告訴他所有事發原委？」

梅冷月看著她。「菁兒本名周靜，是周知縣的女兒，此事我早已知曉。」

虞巧巧驚訝，連菁兒都震驚地抬頭看他。

梅冷月看著菁兒，對她道：「一年前，我來到桃花莊，第一眼見到妳，我就認出妳，也知道妳臉上的斑是中毒造成的。」

虞巧巧回頭瞪向菁兒，菁兒知道此時再也隱瞞不了，遂點頭承認。

「是的。」

虞巧巧回想那張畫像，確實沒有斑。
「怎麼回事？」
梅冷月遂將事情說出，原來他在來到桃花莊之前，便見過周靜的通緝畫像。
他既然覺得菁兒眼熟，向來謹慎的他便暗地裡找人打聽被通緝的周靜，發現周靜的年齡與菁兒相符。
他便知道，菁兒就是周靜。
從那時候開始，他便不動聲色地觀察菁兒。
「若我猜得沒錯，妳臉上的斑應是吃了一種毒菇造成的。」
虞巧巧聞言，看向菁兒。
菁兒抿了抿唇，承認道：「我當時又餓又累，便摘了草叢的菇充飢，當時腹痛昏了過去，醒來時，臉上便多了這個斑。」
虞巧巧忽然目光大亮，問向梅冷月。「她臉上的斑，你可以治？」
梅冷月點頭。「可以。」
「太好了！」虞巧巧大喜，接著想到什麼，氣呼呼地質問梅冷月。「你怎麼不早說？這麼重要的大事居然瞞著我。」

梅冷月卻是不冷不熱地睨了她一眼。「菁兒不想讓任何人知道，包括妳。」

他說得理所當然，菁兒不禁愣住，怔怔地看著他，而他也望過來，靜靜看著她。

原來，他早就知道她的底細。

原來，他一直幫她瞞著。

原來，他冷淡的表相下，有一顆善解人意的心。

有什麼觸動了她的心弦，令她突然感到一種莫名的無措和羞意，她低著頭，想遮掩胸口的悸動所帶來的感動，又極力忍著不讓自己掉淚。

原來這個世上，有一個男人在她不知道的時候，便已經默默地守護著她。

虞巧巧來回看著這兩人，這次，她算是服了梅冷月，別說菁兒了，她聽了都為之動容，看不出梅冷月這男人冷冰冰的，原來是個大暖男啊。

為了保護心上人，一直守著這個秘密，難怪梅冷月不覺得菁兒醜，因為他一直知道菁兒的斑是可以治的。

虞巧巧也終於明白，為何梅冷月會看上菁兒了，他知道她的底細，知道她遭逢家難，他在一旁默默看著她忍辱負重，默默地認真做事，不爭不搶，為了生存，她不在乎臉上的醜斑，她不討好男人，也懂得感恩。

她是個落難千金，但她沒有拋棄她的自尊，她不依靠男人，一路靠著自己的繡功養活自己，吃苦當吃補。

這樣堅忍的女子，誰不愛？

若虞巧巧是男人，立刻就把菁兒娶回家。

梅泠月有眼光，難怪驕傲如他會對菁兒上心，因為他看的是心，不是容貌。

真愛啊……虞巧巧不禁欣慰，再瞧瞧菁兒發紅的耳根子和紅潤的水眸，她相信再過不久，桃花莊就要辦喜事了。

「所以，要為菁兒平反，就必須找于飛合作。」梅泠月清冷的聲音，將虞巧巧從感嘆安慰的思緒中拉回來。

「妳把于飛氣跑了，我只好去把他哄回來，現在他願意跟我合作為菁兒的事平反，還她一個清白。」

說到于飛，虞巧巧心底彷彿針扎似的疼了下，但她面上仍倔強。

「我哪有把他氣跑，我不是說了，只要他願意保菁兒，我就幫他守密嗎？」

梅泠月回給她的是一雙鄙視的眼。

「虞巧巧，妳聰明一世，這次卻是糊塗一時了。」

虞巧巧瞪大眼，梅冷月卻是轉頭對菁兒道：「菁兒，妳先回屋歇息，我與她談一談。」

「喔，好。」菁兒沒多想，下意識便聽話地轉身，可才走了幾步，忽然僵住。她轉身尷尬地看向莊主，果然莊主正挑眉看她，令她一時羞愧。莊主沒讓她退下，而她居然聽了梅冷月的話就要離開，實在太失職了。

「莊主……」

虞巧巧擺擺手。「我懂我懂，女大不中留，無妨無妨，妳下去歇息，放妳兩天假，不用幹活，去養養身子。」

她怎麼看不出來？菁兒的心已經偏向梅冷月了，才會下意識地聽他的話。

菁兒心虛，正想解釋什麼，但一對上梅冷月帶笑的眼，她耳根子又熱了，立即避開眼，向莊主福了福，便匆匆走了。

這是害羞地逃了。

「好了，人走了，說吧，我是哪兒糊塗了？」虞巧巧雙臂橫胸，等著接招。她知道梅冷月把菁兒支開，肯定是因為接下來沒好話。

梅冷月打量她一眼，也不客氣的直說了。

反正他對她從來就是有話直說，不玩拐彎抹角那一套。

「于飛讓我帶話給妳，當初他確實存了一些心思而娶妳，妳若真不喜，他願意成全妳，兩人和離。」

第二十六章

「蕭逸，有人來瞧你了。」

原本躺在大牢地上的人影興奮地從地上爬起來，雙手抓住鐵欄杆，一張削瘦的臉貼在欄杆上，努力想看清楚來人。

蕭逸這輩子沒吃過坐牢的苦，他自幼錦衣玉食，花錢如流水，奴僕、小廝圍繞，出門有護衛、保鏢。

他娘說他爹是知府，背後有大靠山，就算他殺了人，他爹也有本事幫他銷案，唯一的條件是他不可認祖歸宗，只能姓蕭。

蕭逸不甘，他明明是彭家的子孫，長得也一表人才，憑什麼那個姓彭的傢伙可以是彭家的嫡子，而比對方早出生半年的自己，卻是見不得光的私生子。

就只因為他娘是青樓女？

「如果你希望一輩子有花不完的銀子，坐擁金山、銀山，就把這事守得牢牢的，不准讓任何人知道。」他娘嚴重警告他。

蕭逸很不高興，他知道他娘只要銀子不要人，也不在乎正妻的身分，擁有自己的屋子和用不完的銀錢，並有三間鋪子供她經營，她便心滿意足了，至於外室，她根本不在意。

可是蕭逸在意。

姓蕭，就只是平頭百姓，每個人都知道他娘是青樓女，是他娘不知跟哪位恩客生的野種。

若姓彭，那就是官家公子，有正經的家世，別人見到他都要稱一聲「彭公子」，將來娶的也會是官家千金。

蕭逸不缺錢，就缺一個令人稱羨的家世，他娘不懂，男人在世求的是建功立業，否則一輩子庸庸碌碌，有再多的銀子又有什麼用？

他想要名，但他自己沒本事，沒才學考科舉，沒本事闖天下，所以想要現成的，因此他日日幻想著自己是彭家公子，享受著別人的羨慕和讚賞。

日有所思，夜有所夢，有一天他喝醉了，酒後吐真言，不小心對茶樓掌櫃洩漏他爹是彭知府。

酒醒後，他也忘了此事。

隨著腳步聲接近，蕭逸冀望是他爹找人來救他了，可當他看清對方的容貌時，不禁嚇壞了。

「是妳？」蕭逸連連後退，一直退到角落裡。「妳想幹什麼！」

虞巧巧看著他，一臉意外，他怎麼見到她像見到鬼似的？

蕭逸突然朝她伏跪，用力磕頭。

「夫人行行好，我錯了，下次不敢了！」

虞巧巧愣住，看向一旁的獄卒。「他真是蕭逸？」

牢裡的蕭逸與先前所見大不相同，上回蕭逸還是個公子哥兒，穿得人模人樣，此時的蕭逸卻像是失心瘋一般，全身髒污，披頭散髮。

「就是他，給妳半炷香的時間。」獄卒說。

虞巧巧想了想，拿了錠銀子給獄卒，獄卒得了銀子，笑著改口。「一炷香。」

待獄卒離開，虞巧巧走近牢房，看著蕭逸。

「我有事問你，你若老實回答我，我便想辦法讓你在牢中好過些。」

蕭逸恐懼地看她。

「你為何這麼怕我？」

「在下有眼不識泰山，不小心得罪了夫人，十分後悔，求求夫人幫忙向于大人求情，在下以後再也不敢了！」說完又接連磕了三個頭。

虞巧巧詫異。

于大人？于飛？

「于大人找過你？」

蕭逸想哭，這是他這輩子做過最後悔的一件事，他沒想到自己調戲女人，竟然調戲到六扇門于大人的娘子。

蕭逸告訴虞巧巧，那一日，他拿著她交給他的二皇子的信，跑去找他爹彭知府。

誰知一進到寺廟，他就被人蒙頭帶走，關了起來，還餓了他三天，三日後，他被帶到一間屋子，押他的人說他面前的人是六扇門的于大人。

于大人說給他密信的女人是他娘子，娘子被人調戲，做丈夫的要討回公道，接著蕭逸就被一頓好打，然後就被關進這間大牢了。

被關進大牢的蕭逸才知道自己被耍了，人家根本不是什麼二皇子的密使，騙他呢，他傻傻的帶著密信去寺廟找他爹，因為他爹就藏在那裡。

誰知沒找著他爹，他還被打了一頓進了牢。

虞巧巧聽到這裡，抓到了一個關鍵。

「你說你一進寺廟就被抓起來了？」

蕭逸想到那一日還心有餘悸，幾乎哭著說：「夫人，您就別再耍我了，您讓我送信去給我爹，然後讓于大人在那兒等我，將我抓起來打一頓後，便將我關到牢裡，求求夫人行行好，讓于大人放了我吧，我再也不敢了……」

「那你爹呢？」

「我不知道。」

「你不知道？你若不知，如何送信去給你爹？」

「我娘告訴我，若要找我爹，就去寺廟留信，我爹自會找我。」

聽到這裡，虞巧巧突然覺得好似快要理出一個頭緒，但還欠一些火候，她站起身，在牢房外來回踱步，把蕭逸說的線索再重新理一遍。

連蕭逸也不知道他爹在哪，他只有聯絡方式。

蕭逸去寺廟送信，寺廟只是一個聯絡站，有送信的人，就有拿信的人，而只要抓住拿信的人，就可以查到彭知府的下落……

虞巧巧猛然恍悟，于飛的人馬埋伏在寺廟，其實是要抓去拿信的人，結果她帶著她的人馬去抓彭知府，兩方人馬就槓上了，接著她的人馬掉入于飛設下的陷阱，全部被抓。

于飛發現是她，將她隔離開來，趁此問她，黑無崖在哪？

誰知她就是黑無崖，然後他放了她，也放了她的人。

他其實是在救她，而她因為他質問黑無崖的下落，便以為他算計她。

虞巧巧心跳很快，有些煩躁又有些頭大。

不行，她必須冷靜，再仔細想想……于飛知道她是刺客，但不知道她就是黑無崖本人，所以當初他娶她，其實是想抓黑無崖……

不對！他如果想抓黑無崖，大可不必娶她，只要暗中監視她就行了。

所以他娶她……是真的想娶她？

虞巧巧彷彿當頭棒喝，突然把所有事情都想通了。

難怪她說他在演戲，使用苦肉計，他會那麼生氣。

難怪他會說，若早知道她是黑無崖……這句話的意思其實是在說，他如果知道她是黑無崖，他就不會抓黑無崖了，因為他已用行動證明，他放走黑無崖，放走了她。

原來梅冷月說她聰明一世，糊塗一時，是因為自始至終，她都沒有真正看清于飛的心意。

他不在乎她是刺客，以肉身護她，還放走他們所有的人。他把菁兒的畫像帶來，其實是要幫她，因為他知道菁兒是她的人，愛屋及烏，所以他也打算救菁兒。

他對她……是真心的。

虞巧巧覺得有些喘不過氣，理順這一切後，她只覺得自己像個傻瓜。

她都對他做了什麼？

她嘲諷他，對他冷言冷語，她還說要跟他和離。

虞巧巧把眼睛閉了閉，捏著眉心，梅冷月說得沒錯，她是個糊塗人，沒有看清。

想到當時于飛離去前的神情，她都沒臉見他了。

「一炷香到了。」

虞巧巧回過神來，看向獄卒。

「夫人若還想延長時間，也不是不可以。」獄卒的意思就是要她再給銀子。

「不了，這樣就行了。」

她轉身離開。

蕭逸傻愣當場，猛然驚覺，嚇得撲向欄杆，伸出手喊她。

「夫人！夫人——」

虞巧巧不再理會，因為她已經得到她要的答案了。

于飛愛她，而她，其實也愛上他了。

他說，他願意和離。

虞巧巧不想和離了，她不但不和離，還得想辦法把男人哄回來。

問題是，任她臉皮再厚，也無法就這樣像沒事似的去向他賠罪呀，人家可是賠了身子又賠了一顆真心呢。

賠了身子——為她受傷。

賠了真心——被她誤解外加拋棄。

虞巧巧突然覺得，自己先前對他的態度挺無情的，搞得現在她想與他和好，都覺得自己如果被拒絕是活該。

萬一她真去賠罪了，而他不領情呢？

虞巧巧活了兩世，第一次為情所苦，而她，極不擅長這種事，畢竟她這一生都在為任務而活，她的心中只有目標，為了達成目標，她可以與人談情說愛，可以勾引、誘惑，亦可以扮演各種角色。

當她完成艱難的任務後，其實只想找一個人煙稀少的小島，在那兒渡假放鬆，什麼都不想，什麼人都不接觸。

她就像一個不談感情的獨行俠，因為有了情，就會有牽掛，會影響執行任務的專注度，也會給敵人一個對付他們的弱點。

她不是無情，而是不能有情。

虞巧巧一直以為自己對情感控制得很好，可穿來這個世界後的生活讓她放鬆了。畢竟在這裡，她沒有上司，沒有緊繃的生活，一切都由她自己作主。

她成立黑岩派也是隨她的心意，想接生意就接，不接就過逍遙自在的日子，加上黑岩派這些夥伴性子單純，每個人都專注在自己的興趣上，對組織有情有義，把組織當成他們的家。

久而久之，她影響了這些夥伴，同樣的，這些夥伴也影響了她。

若是在現代，她不打算結婚，到了古代，卻被爹娘訂下婚事，還幫她找了個丈夫。

想到于飛，她又開始煩惱了，所以說，感情最是磨人，一旦入了心，就很難不在意。

瞧自己現在魂不守舍的樣子，她都嫌自己孬。

虞巧巧深深嘆了口氣，因為心煩，她決定去練武場，打算抓個人來當活沙包打……

不，是切磋。

行經迴廊時，她看見菁兒兩手捧著一盆月季花盆栽，看得出來，那盆月季花是剛被移栽的。

平時菁兒除了打理她的起居，自己也培養了其他興趣，除了繡活兒，她最喜歡的就是種種小花，這盆月季花肯定就是她剛剛移栽的小盆栽。

虞巧巧有些感動，菁兒肯定是知道她心情不好，所以打算擺一盆小盆栽在她屋裡。

「莊主。」菁兒朝她福了福。

虞巧巧笑道：「這花真漂亮。」

菁兒一臉欣喜。「莊主喜歡嗎？」

「當然。」

「莊主都覺得好，那麼梅大夫肯定也會覺得好。」

「……」關梅冷月什麼事？

「他那人眼光高，不用管他。」

「不行呢，這盆是要放他屋裡的。」

虞巧巧嘴角的笑容一僵。「哦？他要的？」

「不是，是我想送給他。」菁兒臉蛋微紅，眼現羞意。「他要幫我治臉上的斑，我不想白白受他的人情，就想將這盆剛開花的盆栽放在他屋內的窗邊，既能隨時欣賞，又能曬到日光。」

虞巧巧一臉恍悟，接著笑得曖昧。「原來如此，其實妳送這盆花是多此一舉了。」

菁兒納悶。「為何？」

「妳自己就是一朵花，把妳這朵花送給他不就得了？」

以往菁兒聽到她拿梅泠月打趣她，都會一本正經地否認，但這一回，虞巧巧只瞧見她臉上的羞澀。

「莊主就喜歡逗我，不理妳了。」竟是嬌嗔地跑了。

虞巧巧禁不住感嘆。「女大不中留啊，看來這兩人好事近了。」

她想了想，又嘖嘖道：「如果姓梅的來提親，我一定要他先煉個一百顆救命丹，作為聘禮。」

虞巧巧腦子裡正盤算著要如何壓榨梅泠月時，突然聽到異常的聲音，讓她腳步一停，好奇地尋找聲音的來處，發現是從假山那兒傳來的。
她躡手躡腳地靠近假山，赫然發現兩個人。
一個是陶大，另一個是青青，這兩人竟在假山後頭親吻？
「……」虞巧巧默默退了出去，她是個開明的老闆，不會限制員工自由戀愛，只是沒想到這兩人會在一起。
不過仔細回想，其實這三名美人婢女很受桃花莊員工的歡迎，只不過以前三名美人的眼光都放在頭頂上，只看到俊美的梅冷月。
可自從梅冷月表明只要菁兒之後，這三名美人大概是覺得沒希望了，願意降低標準去物色其他對象。
虞巧巧心想也好，如果三名美人願意自己找意中人，她這個做主人的也省事。
她在心裡盤算，桃花莊大概要辦兩場婚事，她要給兩對新人送什麼好呢？
看著他們一對一對有情人終成眷屬，再想到自己和于飛這一對，虞巧巧又心煩了。
當她心事重重地往前走時，前頭有人來報。
「莊主。」
「何事？」

「姑爺來了。」

虞巧巧愣住，接著心中狂喜。

「在哪？」

「在前院，剛下馬，馬夫去牽馬了。」

「知道了。」虞巧巧心喜地大步往前院走，接著想到什麼，又回頭吩咐。「你讓柳柳和圓圓準備茶水和糕點，叫廚房多準備肉食，再從酒窖拿一壺酒來。」

「是。」

吩咐完後，虞巧巧本來要朝練武場去，轉了方向，立即大步去前院。

不可否認，她聽到他來，她的心不由自主地雀躍，原來她是如此期盼他來，她正煩惱該用什麼理由找他，見了他之後，又該說什麼話？

沒想到他自己找上門來了，她掩飾不住嘴上的笑，但又覺得自己這樣不行，叫他看到了，不就知道她在盼著他來嗎？

虞巧巧也和其他女子一樣，面對心上人，也不能免俗地傲嬌了下。

女人總是希望男人多疼她們一些、讓著一些，虞巧巧光是聽到于飛主動找來，她一顆心就樂得開花。

快到前院時，她放慢腳步，做了幾個吐納，低頭檢查身上衣著沒有凌亂，拍拍兩頰，讓自己鎮定一點，才又邁步走向前院。

她告訴自己，這一次，她一定要給他好臉色，逮到機會時，她就向他道歉，然後表明心跡，其實……她也是喜歡他的。

彷彿剛談戀愛似的，她的心口撲通地跳，嘴角止不住上揚，她告訴自己不要急，可隨著前院越來越近，她的心跳就更不受控制。

她來到前院，料想會瞧見那偉岸修長的身影，她已做好準備，見面時一定要大方地打招呼……

「人呢？」她問門房。

「稟莊主，姑爺去找梅大夫了。」

虞巧巧沈默了一會兒，維持著臉上的微笑。「他去找梅大夫？」

「是，姑爺說他與梅大夫有約，而梅大夫確實有吩咐姑爺來了，就直接放行。」

「……他除了找梅大夫，還有沒有說別的事？」

「有。」

她目光大亮。「他還說什麼？」

「他說來此是要找梅大夫，不要打擾莊主，所以不必跟莊主報告。」

「……知道了。」

虞巧巧轉身就走，一回身，臉色就沈了下來。

那傢伙來桃花莊居然不是找她，而是找梅冷月！

他居然不想讓她知道他來了！

虞巧巧來時滿心歡喜，走時憋了一肚子火，她的期待有多大，失望就有多大。

他不找她，哼！她知道他是故意的！她倒要看看，他在玩什麼把戲，能撐多久！

第二十七章

既然于飛不想見她，那麼她就離開他的視野。

虞巧巧命人將她的馬牽來，上了馬，回頭交代手下。

「我出去幾天後再回來，無事不必找我。」她策馬一出莊，便一夾馬腹，急馳而去。

當阿立和阿誠聽到時，虞巧巧已經離開了。

「莊主可說了去何處？」

「莊主沒說。」

「莊主要去幾日？何時回？」

守門的手下結結巴巴。「也沒說。」

阿誠直接賞了一個拳頭給他。「你傻啊，莊主沒說，你不會問嗎？」

以往莊主出門一定會告知大夥兒她去何處、幾日回，好讓大夥兒心裡有數。

就算她要出門辦事，通常會帶著阿誠和阿立一塊兒出去，像這樣突然單獨出門，沒交代行程的情況，幾乎不存在。

阿立抿唇。「我去追她。」

「等等。」阿誠抓住他。「人都走遠了，也不知去哪，你如何追？況且莊主一個人出去，很明顯，她不願別人跟著，或許去得不遠，很快就回來了。」

阿立擰眉。「你沒聽門房說她要出去幾日，必然不會太快回來。」

「莊主做事向來穩健，她若是敢一個人出去幾日，必有她的道理。」

正當兩人拉扯不斷時，菁兒正好經過，她送了月季花盆栽去梅泠月那兒，而他則回送了一顆解毒丹。

想到他送她解毒丹時，他一直叮囑她如何服用，又跟她解釋丹藥的效果。

明明只是一顆解毒丹，給她就是了，偏偏他用了一個特殊的玉盒包起來。

趁四下無人時，她將那玉盒拿出來。

「這是我找人特別訂作專門放丹藥的盒子，解毒丹放在裡頭，可以受到保護，妳早晚各一顆，以水吞服就行。」

她低著頭，接過他給的玉盒，這玉盒很小，說是放丹藥的，卻做得比胭脂盒還漂亮，上頭雕了一朵蓮花，一看便知價值不菲。

她伺候莊主，莊主也從梅冷月那兒拿過不少丹藥，可是梅冷月給莊主的是一個普通的小瓶子，看起來樸實，為何到了她這裡，便成了漂亮的玉盒。

她當時裝傻，可是她知道，他是故意藉著給她丹藥送她東西。

菁兒摸著玉盒，愛不釋手，以往因為她拒絕他，所以不會接受他任何好意，可現在不一樣了，她心裡有他，這世上對她最好的人，除了莊主，就數梅冷月了。

雖然他看起來冷漠高傲，但是對她，他總是用溫柔的目光看著她。

菁兒不知道，其實這與她心境的轉變有關，當她不喜梅冷月時，看他哪裡都不喜，一旦將他放在心上，以往那些缺點在她眼中全都成了優點。

她本名周靜，適才梅冷月喚她時，她心跳漏了一拍，因為她聽出了不同，他喚她「靜兒」。

靜與菁的音很像，乍聽之下會以為他喚她菁兒，但其實仔細聽，他喚的是靜這個字。

以前她娘還活著時也是喊她靜兒，因此靜兒是她的小名，只有最親密的人才會如此喊她。

兩人八字都還沒一撇呢，他就喚她靜兒，偏偏她還不能制止他，如果他不承認，她豈不是尷尬了。

思及此，她耳根子又熱了，決定繼續裝糊塗，因為其實……她並不反對他這麼喊她，甚至在四下無人時，會偷偷竊喜。

此時，她就一邊摸著他送的玉盒，一邊彎起唇角傻笑。

前院傳來的爭論聲將菁兒拉回現實，她將玉盒收進荷包裡，循著聲音去找，就瞧見阿誠和阿立不知因為何事而爭執。

「怎麼回事？」她上前詢問。

「菁兒，妳來得正好，幫我勸勸阿立。」

得知莊主騎馬單獨出門，沒有告知地點、何時回來，也不帶任何手下，菁兒立即明白怎麼回事了。

那一日，莊主、姑爺及梅冷月三人在書房密議她的事，當時她也在場，所以最清楚內幕，莊主和姑爺失和，兩人正賭氣呢，為此莊主心情一直不好，只是沒在人前表現出來罷了。

今日姑爺來到桃花莊，直接去了梅冷月的院子，她也因為如此才從梅冷月的院子出來。

莊主必然是因為姑爺來感到心煩所以騎馬單獨出去，誰都不想帶，必是只想一個人靜一靜。

阿誠、阿立兩人不知莊主與姑爺吵架，她很想說出來，但又及時想到梅冷月的告誡。

「于飛與莊主之間的事，妳別摻和，任何人都摻和不了，因為解鈴還須繫鈴人，他們彼此的心結只能他們自己處理，別人介入只會弄巧成拙。」

梅冷月再三告誡她，而她相信他，因此忍住不說，但是有一個人，她是必須要說的。

「你們別急，我去告訴姑爺，若要去找，也得讓姑爺去找。」說完便轉身急急離開。

阿立沈默下來，阿誠見他不再急著追出去，便鬆了手勁，勸道：「菁兒說得對，就算要去追，也該是姑爺去追，明白嗎？」

莊主已經嫁人了，人家夫婿還在，況且對方一表人才，武功卓越，又有官威和江湖地位，阿立該看清這一點。

阿立看著他，低聲道：「我早就放棄了，我只希望她過得開心，她這幾日有心事，我是怕她出事。」

阿誠愣住。「莊主有心事？當真？你怎麼不告訴我？」

「她不肯說，也不想讓人知道，我只好裝傻。」

若是莊主真有事，阿誠也不能不顧，兩人想了想，便決定去找梅冷月。

在桃花莊，梅冷月其實像是客人，莊主對他禮遇有加，而雖然他平時不管世事，但是每回莊裡有事時，梅冷月總能提出令眾人想不到的見解，令人振聾發聵。

久而久之，梅大夫見多識廣、聰明絕頂的形象便深植人心，若莊主不在，遇到大夥兒猶豫不決的大事時，眾人很自然就會想到梅大夫。

兩人跟著菁兒一起去梅冷月的院子，菁兒則有她自己的計量，藉著找梅冷月，她在門外稟告了莊主單獨出莊之事。

「……莊主獨自騎馬出去了，聽門房說，莊主臨走前並未告知去何處，以及多久回來，這是不曾發生過的事，因此特來稟報。」

阿誠和阿立站在院中，菁兒則站在房門口，梅冷月在房門口聽她說話，他瞧了屋內一眼。

他知道，菁兒看似說給他聽，其實是想藉由他之口，說給屋裡的于飛聽。

梅冷月看著她眼中閃動的聰慧，在他面前，她總是一板一眼，甚少有如此靈動的表情，看來她對他的態度已經不一樣了。

「知道了。」他突然伸手輕點她的鼻尖，逗得她一臉懵。「妳放心，會通知屋裡那位。」

她來找他，代表她信任他，她有事時立即想到他，讓他很高興。

趁著她怔住時，他彎下身，拉近兩人說話的距離。

「妳能想到找我幫忙，我很高興。」

他直起身，又恢復往日的清冷，好似那個溫柔說話、逗弄她的人不是他。

梅冷月對阿誠和阿立道：「這事我會告訴于兄，你們放心吧。」他再度看了菁兒一眼，便轉身進屋。

菁兒只覺得耳邊火辣辣的、鼻尖麻麻的，這……就是莊主曾經告訴她的「撩」吧？原來梅冷月也會撩人呢，並不是那麼死板冷淡。

梅冷月進屋後，便直接問出口了。

「你聽到了吧？」

于飛抬頭看他。

「她騎馬單獨出去了。」

于飛垂下眼，狀似不經心。「哦？是嗎？」

梅冷月回到他面前的位子坐下，為自己倒了杯茶。

「你也別裝了，菁兒的事，其實你可以派人送信給我，不必專程跑來，你這麼做，不就是想看看她的反應嗎？」

于飛執杯的動作頓了下，繼續啜了一口，才放下杯子。

「我這也是沒辦法。」對梅冷月，于飛確實也沒什麼好裝的，因為他確實也是藉故來找梅冷月。

那一日，他確實生氣，但他也沒這麼小氣，只不過她都說了要和離，他就算再疼妻子，也要面子。

其實把話說出去後，他也後悔了。

他早就知道她不是一般女子，有主見有擔當，脾氣還大得很。

他只是氣他對她的好，她竟然看不到，一路把他往壞的方向想，他才會說出氣話。

他來找梅冷月，何嘗不是想給彼此一個臺階下？

當初他叫人去查蕭逸，本是想先查查這個人，然後再抓過來教訓他，卻沒想到這一查，竟查出他是彭知府外室生的兒子，並且查出蕭逸每隔幾日便會去寺廟留信。

于飛知道機不可失，便設下埋伏，等著彭知府的人出現，再循線抓人。

哪知道巧巧也查到了消息，循線追來。

于飛先前對她透露借刀殺人之計本意是想引黑無崖出來，卻沒想到人引出來了，卻也砸了自己的腳。

妻子就是那個繪聲繪影的黑無崖，讓他捏了一把冷汗，幸好他是私下詢問，當時只有他和心腹兩人在，無人知曉。

為了救她和她的人，他做了一件對不起弟兄們的事，在他們水裡下了迷藥，把她的人全部放走。

這事他做得很危險，若是瞞不過鍾泰他們，可能會惹禍上身，從此失去弟兄們的信任。

他為了她，連自己的弟兄都隱瞞，而她呢？她卻指責他的無情無義。

他再大度也無法容忍她的誤解，索性甩手走人。

現在兩人僵持著，難不成要他先低頭認錯？

于飛做不出這事，萬一他低頭了，而她再度羞辱他，他恐怕會負氣而去，不想再理她。

他不願兩人走到這地步，也不願自己將來後悔，所以冷靜了幾日後，他再度來到桃花莊。

表面上是找梅冷月，其實也是想知道她的態度。

表面上說不想打擾她，但其實是讓她知道他來了。

于飛這輩子對女人可沒這麼低聲下氣過，他人都來了，跟梅冷月在這裡喝茶，看似談正事，其實是故意找話聊，就是想知道她有何打算。

她倒好，居然跑了。

于飛心下氣結，憋著這口氣，表面上還要裝得沒事似的。

那女人存心把他氣到吐血。

「生氣傷肝，憋著更傷，我勸你最好坦然一點。」梅冷月的指腹正按在他腕上把脈，給出了脈象的結論。

「……」于飛眼角抖了下。

梅冷月收回手，對他道：「要不要我開個清心安神丹給你服用？」

「不必。」

梅冷月也只是說一說，他接著問：「人都跑了，你不去追？」

「不必，她無事。」

梅冷月挑眉。

于飛看了他一眼，也不瞞他。「我的人會跟去護著她。」

梅冷月恍悟，點點頭。「謝了。」

于飛擰眉。「她畢竟是我明媒正娶的妻子，我不會置她於不顧。」

「我明白，我向你道謝是站在朋友的立場，虞巧巧於我，是朋友。」

于飛點頭。「我也明白了，你另有心上人，上回是我誤解你了。」他指的上回便是他負氣走人的那一次，當時他瞪了梅冷月一眼，因為他誤以為梅冷月對虞巧巧有意。

兩個男人都是有話直說的人，不必過多解釋，便能知道對方的意思。

于飛自己都沒想到，他會坐在這裡與梅冷月品茗，他與他才不過見一、兩次面罷了，卻能聊起家務事。

知道于飛對虞巧巧表面疏冷，私下卻是關心的，梅冷月也放心了，正如他所言，他平日雖然對虞巧巧言語嘲諷，愛理不理，但其實是將虞巧巧當成朋友。

梅冷月向來孤身一人，算得上朋友的還真不多。

「周靜的事，你放心，我已經派人去查了，周家縱火的案子疑點甚多，不難查，當初只是被人買通了官府，有消息，我會通知你。」

梅冷月點頭。「謝了。」

「不客氣。」于飛突然向他伸出手，掌心朝上。

梅冷月看著他的手，不明所以地抬眼看他。

「你剛才說要給我清心安神丹。」

「……」剛剛是誰說不必的？

拿了清心安神丹之後，于飛便爽快地離開。

那一日，他雖然負氣離去，卻留下心腹守著她。

他不擔心她去哪，因為心腹會留下只有他看得懂的暗記，他只要循著暗記就能找到她，況且，他擁有一個靈敏的鼻子。

她就算跑到天涯海角，他都有辦法找到她。

梅冷月目送于飛離去的背影，他站在窗口，看著月季花小盆栽，這是靜兒放在他屋中的。

梅冷月勾起唇角，低頭嗅著月季花。

對梅冷月來說，夫妻吵架不是多大的事。

既然喜歡，那就是喜歡，何必去管對方說什麼、誤解什麼，對梅冷月來說，只要看上了，追求就是了，一次不行，再來第二次，第二次不行，再來第三次、第四次。

情感，不就是如此嗎？

幸虧于飛說了要去找回虞巧巧，他不知道，他給了梅冷月正確答案，若是他也負氣不管虞巧巧，梅冷月打算用毒藥威脅他。

因為，若是虞巧巧有個閃失，他的靜兒可是會傷心的。

梅冷月的指腹輕撫著花瓣，他對于飛好，是等著于飛給靜兒伸冤、還她清白，讓她可以恢復周靜的身分。

到時候，就是他提親娶她的時候。

第二十八章

虞巧巧騎馬出門時，並沒有想到要去哪裡。

因為沒有目的，因此她隨心所欲，騎了半個時辰後，她來到一處溪邊，下了馬，放馬到溪邊去喝水，她雙手舀起沁涼的水撲在臉上，霎時感到心曠神怡，心中的煩躁也消了許多。

她爬到一塊平整的大石頭上，躺在上頭，雙臂枕在腦後，有樹蔭擋著，微風吹拂，甚是怡人。

一人一馬，享受著寧靜的時光。

虞巧巧的心漸漸平靜下來。

她沒有目的，騎到哪就到哪，餓了就捕魚、打獵，她使得一手好短刀，用小刀將樹枝削得平滑，插進魚肉裡，放在架起的火上烤，一邊烤，一邊在上頭撒鹽。

魚油滴在火裡，發出啪吱啪吱的響聲，很快的，香氣瀰漫。

她將魚肉刮下，把魚骨頭拿來煮湯，將摘來的野菜放進湯裡，再撒些自製的調味料，一碗鮮美的魚湯就完成了。

吃了個飽，虞巧巧又去摘了野果子，當作飯後水果。

如此，虞巧巧白天便騎馬隨意走，有時候騎馬奔馳，遇到漂亮的風景便停下來欣賞，餓了就打獵，晚上找間小廟躺一晚，或是借宿獵戶家，再不然，幕天席地，欣賞滿天星辰，也是一樁美事。

這一夜，虞巧巧找了個山洞，生起火，在地上鋪上乾草，席地而臥。

山裡夜涼，不比平地，洞口升了火，一來可以驅趕動物，二來保暖。

她讓馬兒睡在火堆旁，自己則坐在山洞裡閉目養神，想著明日要往哪個方向走，等到睏倦了，便睡了過去。

一夜好眠，虞巧巧在清晨的鳥語中醒來，她伸了個懶腰，洞口的火已經熄滅了。

虞巧巧起身，動了動筋骨，吃了點乾糧和水，刺激了腸胃，便想找個地方解決生理問題。

雖然此處無人，但解決生理這種事，她還是習慣找個隱密的地方，因此她朝草叢走去。

突然，她一驚，趕忙跳開，因為她瞧見了一條蛇。

只一眼，她就知道那是一條毒蛇，在她睡覺的地方附近竟有毒蛇！

虞巧巧本想拿劍去斬毒蛇，可她發現有些不對勁，所謂打草驚蛇，因為蛇是一種容易受驚的動物，可是這條毒蛇好像動都不動。

虞巧巧覺得奇怪，因此她回頭拿劍，以劍尖撥開草叢，再仔細察看，赫然發現毒蛇已死。

蛇身被利刃斬成兩段，看起來就像是被丟到草叢裡的。

若不是她為了解手而往這裡走，不然她是不會發現這條蛇的，牠看起來才剛死不久，不會超過八小時……

虞巧巧盯著蛇，她在這個山洞已經超過八小時，如果有蛇，她應該會發現，再不然馬兒也會受驚，但馬兒整晚都沒叫，表示這條蛇是在她和馬兒都熟睡的半夜時來的。

看來有人趁她熟睡時把這條爬近的毒蛇殺了，然後丟到草叢裡。

虞巧巧嘴角緩緩上揚，她假裝沒事，從草叢走出來，最後還是另外找了個隱蔽的地方解決生理問題。

她拉著韁繩，步行離開山洞，清晨空氣正好，她牽著馬兒，緩緩在山道上散步。

她的表情看似隨意，其實眼觀四面，耳聽八方，想知道那個默默在暗處跟著她、保護她的人藏在哪兒？

算算時間，她已經出來三天了，要不是發現了那條蛇，她也不會察覺有人暗中跟著她。

虞巧巧心中猜著，想到什麼，連眼睛都有了笑意，要不是怕被對方知道她已經發現有人跟著，不然她真想笑出來。

她努力憋著，讓自己看起來很正常，但原本欣賞風景的目光，不由自主地落在附近的一景一物，例如一顆大石頭或是一顆樹，所有可以藏人的地方，她都不由自主地多看幾眼。

為了證實自己的猜測，她決定做一個實驗。

她發現樹上有一顆果子，她便爬到樹上去摘那果子，再假裝失足滑落，從樹上摔到地上。

「哎喲！」

她坐在地上，假裝摔傷了腳，低頭檢查腳踝的傷勢，其實一直觀察著周遭的動靜。

她坐在地上等了老半天，除了她的馬兒走過來看看主人，還用馬頭蹭著她的臉，半個人都沒出現。

她心想，難不成危險度不夠，所以那人不肯現身？

她坐了一會兒，確定對方不出面，她才作罷，假裝一拐一拐地起身，走向馬兒。為了真實性，她只好放棄步行，騎馬代步。

行經一處懸崖時，她發現了開在懸崖上的花，便下了馬，假裝被那美麗的花朵吸引，試圖去摘那朵花。

當她緩慢地爬到懸崖邊時，假裝滑了一下，人便滾下懸崖，情急之下，抓住了一根藤蔓。

她的身子吊在懸崖邊，兩腳懸空，只靠雙手抓住藤蔓。

她是攀岩高手，這點危險不看在眼裡，她就這麼撐了五分鐘後，四周除了偶爾有鳥兒飛過、昆蟲經過，半天都沒看到人來救她。

她默默爬了上來，躺在地上，閉著眼。

馬蹄的噠噠聲靠近，低下的馬頭又來蹭她，馬兒濕潤的鼻頭蹭得她一臉口水。

「……」難道是她搞錯了？

虞巧巧心中的竊喜逐漸轉成了失落。

她以為那個在暗中保護她的人會是于飛。

就算不是他，也該是他派來的暗衛，就像先前一樣，默默地跟著她。

虞巧巧在地上躺了足足有半個小時，才緩緩坐起身，雙手抱住馬頭，把臉貼在上頭。

她心情不好，有點想哭。

如果是他或是他的人，不可能瞧見她發生危險而見死不救。

她都要從懸崖摔下去了，也沒瞧見半個人出來，就表示自己猜錯了。

虞巧巧心情低落，就這麼抱著馬頭，突然什麼都不想做了。

「咦？這裡有個女人？」

虞巧巧身子頓住，稍稍抬起臉，瞧見了兩名漢子。

兩名漢子見到她，本是狐疑的臉上瞬間驚豔。

虞巧巧只看了一眼便收回目光，繼續抱著馬頭，連理都不理。

兩名漢子萬萬沒想到，在這人煙罕至的山路上會瞧見一個貌美如花的女子坐在地上，還有一匹馬。

這匹馬一看就知道是好貨色，可以賣不少銀子，而這女人坐在地上不動，若不是受傷就是生病了。

兩名漢子互相使了個眼色，便笑咪咪地走近，一前一後堵住了兩邊的路。

「姑娘，怎麼了？是不是不舒服？」

「沒關係，叫聲哥哥，哥哥們來救妳。」

虞巧巧看也沒看他們，只冷冷吐了一個字。「滾。」

「喲，脾氣挺大的。」

兩人發出猥褻的笑容，他們兩個大男人，對方只是一個女人，肯定逃不了，況且此處四下無人，正是好機會。

「姑娘放心，哥哥們不會放妳不管，跟咱們走吧！」

其中一人伸出手就要抓虞巧巧，但他的手連碰都沒碰到，突然眼前一晃，他只感到手腕一涼。

腕上被劃了一刀，鮮血瞬間噴出。

男人先是一怔，接著驚得大吼，握著手腕，嚇得連連後退。

「刀！她有刀！」

另一名漢子見夥伴受傷，立即大怒，抄出一把鐮刀。

他們兩人上山，本是要採些山藥去賣，沒想到見到女子孤身一人，又有一匹好馬，因此兩人起了貪慾和色心。

沒想到女子也不是個好惹的，先是悶不吭聲，結果趁人不備，出手就見血。

拿著鐮刀的男子不敢大意，但此時他還沒意識到女子的危險，只當她是趁人不備才成功傷了他們一人。

他決定先傷了女人的手，反正只要沒傷到臉，一樣可以賣銀子。

當然，在賣出去之前，他們兄弟要先好好享受一番。

他的鐮刀正要砍下，沒想到女子迅速伸手，牢牢抓住他的手腕，只見女子緩緩側過臉，冷冷地盯著他。

那雙眼既美且戾，讓人不由自主打了一個寒顫。

「老娘說了叫你們滾，既然不滾，那就是你們自找的。」

漢子心中震驚，沒想到這女人的力量竟然如此大，他一時掙脫不開，下一刻，女子猛然施力，喀嚓一聲，傳來骨頭斷掉的聲音。

漢子的手臂被掰斷了。

「啊——」

漢子慘叫，鐮刀掉在地上，他捧著自己折斷的手在地上痛得打滾。

兩名漢子如同見到女鬼般嚇得連連後退，虞巧巧站起身，拍拍屁股上的泥土，不再理會兩名臉色蒼白的漢子，躍上馬背，策馬離開。

她只傷了他們的手，不會致死，留著他們的腳，讓他們可以自行去找人醫治。

她悶悶地騎馬走了一會兒，到了平地後，縱馬奔馳，遠離那兩名糟心的漢子。

掉下懸崖，沒人理。

遇到兩名劫色的人，也沒人出來救她。

虞巧巧至此認定是自己多想了，那條蛇或許只是碰巧有人丟在那裡，也無人在暗中護著她。

她都出來這麼多天了，他連管都不管她，是真的放棄她了嗎？

虞巧巧扯了下韁繩，急馳的馬兒放慢了馬蹄，最後停下來。

她坐在馬背上，看著廣闊的天地以及青山綠水。

天還是那個天，山水還是那個山水，但在她眼中，卻已經沒了先前的美，那是因為她沒了欣賞的心思，所以看什麼都不起勁。

她坐在馬背上，看著遠處沈默良久，忽然嗤笑一聲。

「沒意思。」她輕聲吐出三個字，像是說給自己聽。

她覺得這一切都很沒意思，就因為一個男人，她負氣離開桃花莊，這行為就像電視劇裡演的，女人因為跟男人吵架，撒野一般離家出走，其實是想引起男人的注意。

就像一個任性的小孩，用吵鬧的方式來得到大人的關注。

她從來不做這種幼稚的事，怎麼到了古代，她也變得俗氣了？

虞巧巧用雙手搓了搓臉，想讓自己清醒一點。

是，她承認她喜歡上他，可他不愛她了，既然錯過了，她又何必執著。

他是六扇門捕快，而她是刺客。

為了他，放棄黑岩派、放棄當刺客？

虞巧巧自覺做不到，她不是一個會為了男人而放棄事業的人，黑岩派是她辛辛苦苦建立起來的，手下都是她親自挑選出來的。

在這個世界，她孤身一人，因此她為自己找尋方向，黑岩派不僅僅是一個為了賺錢的門派，是她為自己建立的生活目標，讓自己有一個棲身之處。

她不是一個嫁人從夫的女子，既然做不到安分地做他的妻子，又何必綁住他？倒不如放彼此自由，他繼續做他的六扇門捕快，她也繼續經營她的刺客行業。

兩人各分東西，各自安好，而不是做一對怨偶，困在婚姻中，相看兩相厭。

想明白之後，她也坦然了。

就這樣吧，她想，再散心個幾天，恢復了往日的活力，就回桃花莊。

想通之後，肚子也餓了，她今日都還沒進食呢。

她拿出僅存的乾糧，只能再撐個兩餐，她決定找個小鎮打打牙祭，休息兩晚，補充物資，然後就回家。

她彎起嘴角，臉上又有了笑容，一夾馬腹，奔馳而去。

遠處的山壁旁，一抹身影施展輕功，悄悄跟了上去。

虞巧巧遇到一場大雨，只能找一戶人家借宿。

主人家是一對老夫妻，兒子和媳婦都去鎮上幹活了，老夫妻幫忙帶孫子，見虞巧巧孤身一人，好心讓她借住，又煮了一鍋雜食招待她。

虞巧巧吃了個飽，又跟五歲的孫子玩在一塊兒，逗留一夜後，隔日清晨便告別他們，繼續上路。

到了鎮上，她補充了物資，揍了一名欺善的惡霸，在小攤上吃了一碗餛飩，付了一文錢，便騎馬踏上回程。

算算日子，她也出來了十多天，再不回去，阿誠、阿立他們怕是要出來尋人了。

她騎馬走了幾日，這一日，她行經一處無人的水潭，停下馬，此時豔陽高照，她流了不少汗，決定休息一會兒。

她把馬兒放去吃草，自己則走向水潭。

水潭不深，水面清澈，還能瞧見魚群。

虞巧巧全身汗濕，很想洗個澡，而她也真的這麼做了。

她爽快地脫下外衣、褲子，只留下裡頭兩截式的內衣和內褲。

身上的內衣是她找人訂做的，就像現代的胸罩一樣，完全按照她的胸圍設計，尺寸剛剛好。

虞巧巧就當穿著比基尼下水，她體能好，不怕冷，況且此時豔陽高照，水溫並不寒冷，泡在水裡，溫度剛剛好。

她解開一頭長髮，頭髮束了多天，頭皮早就不舒服了。

她泡在水裡，搓了搓身子，興致一來就游個泳，游累了便放鬆身子，在水面上載浮載沈。

她閉眼不動，看起來像是睡著了，直到身子漸漸沒入水面，她也沒有動。

她在心裡默默倒數，想知道自己可以閉氣多久。

以前訓練時，她最長的閉氣時間是四分五十一秒，不知道有沒有退步？

她安靜地數著，沒發現水面上的異樣，直到感覺一股水流波動，在她看不見的背後，有一雙臂膀抱住了她。

虞巧巧大驚，不小心嗆到了。

此人力量驚人，抱著她將她往上拉，待浮出水面後，虞巧巧立即轉身朝對方揮拳。

對方沒料到她還有力氣打人，吃了她一拳，悶哼一聲，立即反擊，將她反手制住，壓在背後。

虞巧巧身體柔軟，即時轉身，她擅長近身搏擊，專往對方身上的弱點攻擊，例如插眼、下腰、肋骨，甚至是男人的命根子。

對方反應也快，似乎也擅長近身戰，將她的每一個攻擊擋下。

兩人從水裡打到陸地，對方一身黑衣勁裝，臉上蒙著面，只露出一雙眼。

虞巧巧只當此人是趁人之危，趁女人在洗澡時劫色，因此下手完全不客氣。

若對方以為她只穿內衣就好欺負的話，可要倒大楣了。

她的武器不只有明面上的，還有貼身藏起來的。

當男人成功將她壓制在身下時，她也拔出藏在內褲後的小刀，抵上他的喉。

兩人鼻息近在咫尺，四目相對，殺氣流轉在呼吸交錯之間。

男人盯著她，見她不驚不懼，目光雖冷，卻是美豔得驚人。

他壓制她的身，卻沒討到勝算，因為她的刀也抵著他的脖子。

兩人打了個平手，接下來，就不知是他的動作快，還是她的刀快，誰都沒動，但誰也沒服輸。

男人忽然惡狠狠地笑了。

「妳想殺夫嗎？」

虞巧巧一怔，美眸瞪大，認出了他的聲音。

在她已經決定放開他的時候，這男人終究是找來了，再度擾亂她平靜的心湖，掀起一圈又一圈的波瀾。

第二十九章

打從虞巧巧離開桃花莊時，于飛的心腹暗衛就跟去了。

于飛得知她騎馬離開桃花莊時，依然面不改色，神情淡淡，向梅冷月告辭，不疾不徐地上了馬，看似不在意，可是一離開桃花莊，他立即循著暗衛留下的記號，疾馳追去。

他追上暗衛後便讓他離開，自己留下來跟著虞巧巧。

他一路跟著她，可不願讓她知道，免得讓她笑話。

他氣她，但也放不下她，況且他還沒想好要拿她怎麼辦？

當時他一時氣盛，撂下狠話說他願意和離，事後冷靜下來，他便後悔了。

是他失算了，沒料到她就是黑無崖，如果早知道她是黑無崖，事情的發展會是另一種光景，因為他會想辦法杜絕所有讓黑無崖洩漏身分的機會。

他想抓黑無崖，最大的動機還是為了救她。

他思來想去，突然想通了，其實一開始他就對她有所誤解，一直以為她受制於黑無崖，只要黑無崖在的一天，她就不可能脫離黑岩。

他會這麼想是因為他從沒想到，黑岩與其他刺客組織最大的不同，便是「自由」。江湖刺客都是從小培育，精選根骨佳的孩子，自幼掌控他們，甚至為了強迫他們忠誠，還會讓他們服毒，以解藥來控制他們的行蹤。

以這種方式培育出來的刺客都具備了孤僻、狠戾、疑心重的性格，為了生存，他們不得不貫徹組織分派給他們的任務。

這便是于飛對刺客的既有印象，每一個刺客都有弱點掌握在組織手中，他很自然地也把虞巧巧當成了被黑無崖掌控的刺客。

一旦他知曉虞巧巧就是黑無崖時，顛覆了他的思維，虞巧巧不但沒受掌控，她自己就是黑岩的掌門人。

她不是一個需要被救助的女子，相反的，她執掌整個黑岩派，帶領所有的刺客，那些過往被黑岩派刺客暗殺成功的案件，全都是她精心策劃的。

若非他在寺廟設下埋伏，將刺客一網打盡，否則他還不知曉，原來桃花莊的所有人全都是刺客，都是她的手下。

桃花莊的每個人都笑得很開心，他每回來到桃花莊都能感受到桃花莊的氛圍，一派欣欣向榮。

他曾經問過梅冷月，為何會在桃花莊作客？

梅冷月只回了他一句。「舒心。」

桃花莊讓人舒心，每個人都做著讓自己愉快的事，于飛確實感受到桃花莊的氛圍，與別處不同，十分輕鬆。

明明那些人都是刺客，卻不像刺客，因此他每回來桃花莊都沒發現什麼異樣。想通這個環節之後，他為了給自己臺階下，也想找機會看看兩人之間有沒有緩和的餘地，幸好有梅冷月這個理由，讓他可以藉著梅冷月繼續來桃花莊。

他畢竟是個男人，也要面子，她都如此唾棄他了，他總不能厚著臉皮上趕著去貼她的冷屁股。

于飛對他人一向淡漠，臉上在笑，但是沒有感情。可他很護著自己的弟兄和媳婦，尤其是女人，如果不得他的心，他是連一個眼神都不會給的，例如先前被退親三次的對象，他可以用手段讓人家識相的退親。

相反的，一旦入了心，他就會護到底。

虞巧巧是他難得看上想盡辦法娶來的媳婦，如同狼護犢一般，不會輕易放手，因此他一路默默跟隨她，也瞧見他從未見過的她私下的一面。

原來她獨自在野外如此自得其樂，打獵、抓魚、做陷阱，樣樣在行。

她品嚐美味的燒烤時，嗅覺靈敏的他都能聞到食物的香味，害得他忍不住一直吞口水。還有她望著美景，唇邊那一抹自在的笑，令他好生羨慕，希望能與她共享這份自在。

他終於意識到一件事，沒有他，她照樣過得很好，她獨立、堅強、能幹、聰敏。

他如果不想辦法把她追回來，恐怕她會真的離開他。

正當他苦惱要如何破解兩人間的恩怨時，卻瞧見她脫下外衣，身上只穿了兩截布料。

他知道女人的肚兜長什麼樣子，卻從沒見過像她身上這樣的。

那布料包覆著玲瓏的曲線，于飛直直盯著，他一直覺得她很迷人也很特別，但具體特別之處說不上來，現在他知道了。

她的特別之處在於，她與這世間的女子完全不一樣，她對自己所住的、所用的、所穿的，似乎都有獨特的想法。

光瞧這一身奇特的肚兜就給人獨一無二的感覺，而他覺得……真他媽的好看！

他甚至起了強烈的護犢之心，警戒地觀察附近，就怕有人瞧見他媳婦這令人噴鼻血的美豔之色。

出水芙蓉不足以形容她的美，依他看，她像是水中的精靈，專勾男人心魂。

若不是瞧見她在水中一直沒有浮上來，他可能還在暗處為她這一面心蕩神馳。

于飛成功將她壓制在下，但她卻能用一把小刀抵住他的脖子，完全讓他占不了好處，他只好先出聲制止，免得這個美豔小妖精真讓他見血。

他不想死，他還想陪她一輩子呢！

虞巧巧果斷收回小刀，伸手去掀男人臉上的面罩。

果然是他，于飛。

兩人身上都濕漉漉的，卻維持著曖昧的姿勢，她沒推開他，他也不想移開。

從于飛漆黑的眼睛裡，她可以清楚瞧見燃燒的兩簇慾火。

男人眼中的驚豔，喚醒了女性的本能。

她不怕被他瞧見這副裝扮，相反的，她很高興被他看見。

他終究是追來了。

他說願意和離？騙誰呢！若真想和離，還會躲在暗處跟著她？虞巧巧現在肯定，那條毒蛇是于飛殺的。
她回憶起那一夜宿在山洞，山洞周圍可沒什麼可以遮風避雨的地方，要躲起來就得窩在樹上或是草叢裡，再不然就是躲在大石頭後面。
想到他露宿在那種地方，不能烤火取暖，守了她一夜，她的心就軟了。
虞巧巧這人就是這樣，任男人說再多的甜言蜜語，也比不上用行動證明，于飛肯這樣默默守在暗處護著她，她什麼氣都消了。
他倆缺少的，其實只是給彼此一個下臺階的機會。
「原來是你，我還以為是哪個登徒子偷看我洗澡呢。」她冷哼。
于飛下巴緊繃，躲在暗處時，他沒辦法阻止，只能撓心抓肺的盯著，現在面對面，他也不客氣了。
「幸虧是我，光天化日之下，妳就不怕被人瞧見？」聽得出來，他是真的在意，怕自己的女人被人瞧見不該看的，他不在意才怪。
若是換成別人，看見自己媳婦如此不檢點，早就拎回家狠狠修理了，但于飛可不敢，他只是語氣嚴厲，卻連她一根手指頭都不敢碰。
他怕媳婦跑了。

「我怕什麼？更何況，我記得某人給我留了話，說要和離呢。」

某人立即更正強調。「我沒要和離，是某人逼我和離。」

喲，懂得把球丟回來，死不認帳呢。

至此，虞巧巧終於確定了，某人只是一時氣憤說了氣話，一點都不想和離。

人都是互相的，你氣，我也氣，你退一步，我便讓你一步，她正愁不知該如何處理兩人僵持的關係時，他自己先承認不想和離了，她也正好借驢下坡。

「走開，你把我壓疼了。」她命令。

于飛起身時，順帶手一攬，將她帶起來，掌心碰著她的腰，摸到光滑的肌膚。

虞巧巧抿抿唇，瞪了他一眼。

這人是藉故拉她起來時順道摟她的腰，人都扶起來了，他還不放手呢。

腰間的掌心溫度很燙人。

這麼明目張膽地吃她豆腐，虧他還能板著面孔，一副「妳不說破，我也不承認」的賴皮樣，有夠會裝的。

不過就算要和好，她也要撐一下，讓他明白，她這個老婆不好追，以後要更珍惜她，還有，不可以再隨便答應和離，也不可以再設計她。

當然，以後她也不會隨便說氣話要跟他和離了。

「放手。」她瞪他。

于飛沈默了會兒才放開她，就見她轉身又下水，因為適才兩人對打，在地上翻滾，她身上沾了泥，又弄髒了。

于飛瞧見虞巧巧下水洗澡，抿了抿唇，沒有再阻止，只坐在一旁幫她看守著，同時警戒周遭是否有人。

當虞巧巧洗好，轉身上岸時，于飛才將目光移開，看向別處。

她去一塊大石頭後面，換了另一套乾淨的內衣和勁裝，把原本穿的拿去洗，放在陽光下，很快就曬乾。她出門就帶這兩套，一套穿在身上，另一套放在包袱裡。

當她走出來時，于飛又看過去，見她已經恢復一身颯爽的俠女勁裝，一頭濕髮被她擦乾後，披在肩上。

美人長髮如瀑，于飛盯得移不開眼。

虞巧巧找了塊平整的大石頭坐下，以十指為梳，鬆了鬆長髮，好讓微風吹乾。

于飛覺得手很癢，想到那一回，他在屋中為她梳髮，鏡子裡的她唇角微揚，連眼睛都是笑著的。

那時候，她眼裡亮晶晶的，彷彿有星光，令他心動不已，藉此得以一親芳澤，想到那美妙的滋味……

于飛感到喉頭乾渴，忍不住悄悄吞嚥了下。

也罷！沒面子就沒面子！他是她的妻，大丈夫能屈能伸，他一路追了那麼久，不想再每夜只能遠遠地看著她，他想擁她入懷，想再親吻她的小嘴，只要能讓她消氣，她想怎麼樣都行。

他站起身，大步朝她走去，卻在離她五步之距時猛然停住，下一刻，他已如出鞘的劍，抱著她往一旁滾去。

虞巧巧沒有他那麼好的耳力和眼力，被于飛突然抱住滾到一旁時，她驚了下，但一對上于飛謹慎的目光，虞巧巧立即安靜地閉上嘴。

撇開兩人的恩怨，虞巧巧必須承認，她與于飛在很多方面真的很有默契。

他只須遞來一個眼神，她就知道他要幹什麼。

有人來了。

在于飛抱著她滾到一邊時，她配合地待在他懷裡，與他一起壓低身子，躲在石頭後，大約十秒後，她聽到了陸續接近的腳步聲。

來人不止一個，而是一群。

他倆把身子壓得更低了，透過石頭縫隙，靜靜地觀察來人。

總共二十來人，五大三粗，人人手中帶刀，一臉凶相。

于飛與虞巧巧兩人靠得近，身體貼著身體，因此只要對方有異樣，他們都能立即察覺到。

幾乎是同時，兩人目光交會，從對方的眼神中，知道彼此認出了那群人中的熟面孔。

那些人大多都是江湖人，武功似乎不弱，五感敏銳，只要呼吸大一點，都有可能被對方察覺。

于飛用手指沾了石頭縫裡的水，在石頭上寫了一個「彭」字。

虞巧巧驚訝。

她沒見過彭老狐狸長什麼樣子，但于飛見過，所以他認出來了。

他們找了半天的彭知府，怎麼都找不著，還搞到夫妻倆差點鬧離婚，沒想到他們一個出來散心，一個出來追老婆，卻在這荒山野地之外，瞧見了他們勞心勞力也找不到的彭老狐狸。

虞巧巧也在石頭上寫了兩個字──羅煞。

于飛見狀，也面露意外，隨即兩人都瞧見對方眼中的了悟。

彭老狐狸找上羅煞的刺客，出銀子請羅煞將他藏起來，並保護他。

難怪六扇門如何都找不到人，難怪彭知府只肯給私生子一個聯絡的管道而已。

羅煞也在官府的通緝榜上，官府中人找通緝犯來保護自己，傳出去就是勾結，是要殺頭的。

于飛直直盯著那些人，繼續在石頭上寫字。

「對方人多，打不過，先躲。」

「躲水裡？」

「是。」

「你能閉氣多久？」

「不用閉氣。」

于飛拿了一根竹管給她，又指了指嘴。

虞巧巧明白了，躲在水裡，用竹管呼吸水面上的空氣，想躲多久就躲多久，完全不必擔心。

還是于飛想得周到，虞巧巧倒沒想過給自己準備一根竹管，決定以後也弄一支來，作為出門旅行必備的用品。

羅煞的刺客正小心翼翼地檢查附近是否有人。

因為于飛夠敏銳，所以他們倆能及時躲過那些人的眼，但若是他們再繼續接近，必會察覺到他們的聲息。

于飛可以屏氣，掩蓋自己的呼吸，但虞巧巧在這方面似乎不如他。

對方僅差幾步就要走到警戒線，恐怕就會察覺到他們倆的氣息，到時候他們是連動一步都不行。

走！

于飛對她使了個眼色。

兩人無聲無息地往後退，將身子默默地沒入水中。

當危險來臨時，于飛和虞巧巧很有默契地將所有恩怨擺在一旁，夫妻倆同時切換到情報人員模式，一心對付眼前的敵人。

他們都很清楚，雖然找到了彭知府，但是羅煞可不好對付，一來他們只有兩人，敵眾我寡；二來萬一被發現了，別說抓到彭知府，被滅口的可就是他們兩人了。

兩人在水面下，靠著岸邊用竹管呼吸，虞巧巧被于飛抱在懷裡，貼在岸邊，儘量隱藏自己的身形。

虞巧巧明白，現在是大白天，加上溪水清澈，她都能瞧見水裡的魚了，更何況是敵人。

突然，她感覺到圈在腰間的手臂變得緊繃，她看向于飛，發現于飛也在看著她。

兩人在水中無法用言語溝通，但奇異的是，她從于飛的眼神中能感知到他想傳達的事。

腰間的手臂突然鬆開，她立即反過來抓住他的手臂，他們一隻手拿著竹管呼吸，只能用一隻手抓住對方。

她感覺到于飛想冒險上岸，而她不允。

于飛彷彿看出她的憂心，指了指上頭，又指了指他們兩人，最後他指了指自己的眼睛。

他說，對方恐怕發現了他們兩人的蹤跡。

虞巧巧先是一怔，但很快明白他的意思。

適才她與于飛兩人打鬥，在岸邊留下了打鬥的痕跡，況且她的馬還在附近呢！

雖然她洗浴前特意將馬兒藏了起來，但是羅煞肯定會發現她的馬，一旦發現她的馬，就會知道附近藏了人。

如果在岸上找不到人，那就會搜水裡。

虞巧巧懊惱，難怪于飛想上岸，他比她先想到了這一點，因此當機立斷想先下手為強，為他們兩人爭取一線生機。

她不能阻止他，不然可能會誤事。

她鬆開手，比了個手勢，表示她同意他的決定。

兩人緩緩向上，頭冒出水面，虞巧巧正想問他要如何出手，她一定配合他。

誰知一冒出水面，他突然吻住她的唇。

虞巧巧瞪大眼，被他吻個措手不及，整個人都懵了。

不給她思考的空間，他的唇來到她耳邊，用只有兩人聽得到的聲量說：「分開走才有生機，我去引開他們，妳找機會離開。」

說完最後一字，于飛已經施展輕功，從水面躍出，她伸出的手只抓到空氣，接著她聽到刀劍入肉之聲。

虞巧巧也快速從水面爬起，只比他慢兩秒，但她的人還在大石頭後，露出半個頭，瞧見大石上躺了一個人，是被于飛用刀解決掉的人，那把刀還是他從對方手中奪來的。

于飛偏頭看了她一眼，便已人若大鵬，施展輕功而去。

「有人！」

「找到了！人在這裡！」

「抓住他！」

男人們的大吼聲以及刀劍相鳴之聲令虞巧巧全身緊繃，她恨恨地握拳捶著石頭，恨他以身為餌，只為了救她。

他臨去前的那個吻是他對她的情意，以及告別。

他是在告訴她，他愛她，而他有可能回不來，因此想最後再品嚐她一次，才能死而無憾。

她恨恨地捶拳，懊悔自己不該一氣之下離開桃花莊，她很清楚，自己雖然負氣離開，但有一半原因是想測試他是否還在乎她，是否會追來？

人是追來了，也證明了他在乎她，在乎到願意為她豁出性命，這才是她真正懊悔的原因。

夷。

如果他有個萬一，她將一輩子活在悔恨當中，不能原諒自己。

虞巧巧閉了閉眼，現在不是做無謂檢討的時候，她必須扭轉局面。

她快速地轉動腦子，她這兩世有太多離死亡很近的時刻，都能夠在危急之時化險為

于飛想救她，但她不願，如果他以自己的命換她一條命，她寧可兩人共赴黃泉。

她想到黑岩派的每個人都能獨當一面。

菁兒也有梅冷月照顧，所以她不擔心，只是遺憾可能沒機會看著她成親嫁人。

阿誠和阿立更不用說，兩人親如兄弟，沒了她，他們一樣可以闖蕩江湖，過著快意人生，各自找自己喜歡的女子成家。

至於虞家，她也不必掛念，她給古代爹娘留下一筆不少的養老金，足夠他們一輩子花不完。

她曾經想過，自己有可能某一天死於任務中，她是穿來的，早就面臨過死亡，因此對於死，她並不畏懼。

說不定在古代一死，又穿回現代了。

她本來是沒有遺憾的，所以她才能在古代恣意過日子，做自己想做的事，可是現

在，她有了牽掛的人。
她不小心成了親，多了個丈夫，而這個丈夫，成功地走入她的心。
她不想失去他，所以她要扭轉命運！
于飛為她創造逃命的機會，她也要為他找回一線生機。
趁著羅煞刺客被于飛引開，她迅速回到藏馬的地點，看到馬兒還安好地待在那兒，虞巧巧大喜，趕緊上前，將重要的東西都放在身上，接著解開馬鞍和韁繩。
「去吧，去把那些人引開。」她用力一拍馬屁，馬兒受了刺激，往前奔跑，她則往另一個方向跑去。
虞巧巧有一個秘密武器，就是隱身的工具。
當初，她中了于飛的暗器，下半身不能動的情況下，還能躲過于飛的追查，便是靠這個秘密武器——一塊雜草的布蓋皮。
這是她來到古代後找匠人專門製作的東西，那雜草維妙維肖，布蓋皮做得像一層土，材質輕軟，方便捲起來攜帶，在野外遇到危險時，她只要就地把身子一縮，把布蓋皮往身上一蓋，就融入野外，將自己隱藏。
她不會輕功沒關係，她有工具輔助，而且她會借力使力。

看過在戰場上，臉上畫了迷彩的士兵偷偷摸入敵人陣地，朝一群人丟出一顆手榴彈的情景嗎？電視上常演，她也實際幹過這種事。

現在，她要如法炮製，用現代的方法，在古代再做一次。

她悄悄往彭老賊那兒摸去，他正被一群羅煞刺客護在中間，算算約有十二人，也就是說，其他一半的人都去追于飛了。

虞巧巧咬著牙，她知道自己只有一次機會，失敗了，連她都小命不保。

她披著她的隱身戰袍，一步一步地接近，越接近彭知府他們，危險越高，所以她不敢太靠近，她只能找出投擲的最佳距離，不但能炸掉他們，還不會波及自己。

她小心地觀察，抓到適當的距離後，開始思考投擲的時間點。

包圍彭知府的刺客們並非都只朝前看，而是前後左右都有人用目光巡視，如果她丟出手上的東西，肯定會被他們瞧見，這可如何是好？

虞巧巧焦急不已，時間拖得越久，于飛的危險就越大。

老天彷彿聽到她的求救似的，此時突然傳來一聲馬鳴。

馬蹄聲將所有人的目光引去，一匹馬兒跑到眾人的視線範圍內。

那不是野馬，是她剛才放走的馬兒，牠哪兒不跑，偏偏跑到彭知府眾人這裡來亮相。

時間只有三秒，可是夠了！

在眾人的目光都聚集在馬兒身上時，虞巧巧站起身，將手中的霹靂丸扔出去。

霹靂丸劃過一道漂亮的半弧線，落在眾人圍起的中心，也就是彭知府的腳邊。

緣分很奇妙，它像一個圓，從哪兒來，不管繞到多遠，最後又回到哪兒去。

當初彭知府派人刺殺她和于飛一夥人，于飛以肉身護她，擋下霹靂丸爆炸的威力。

她去查看屍體找證據時，順道摸了好幾顆霹靂丸，據為己有。

霹靂丸就是古代的手榴彈，這麼好的武器，她當然要多藏幾顆，以備不時之需。

她還有個心願，就是找彭老賊報仇，沒想到天從人願，還真給她遇到了，所以說，緣分真奇妙。

霹靂丸炸開了花，只要人離得夠近，一顆就夠。

羅煞的刺客將彭知府護在中間，大夥兒聚在一起，這一炸，無一倖免。

霹靂丸終於回到它的主人身邊，虞巧巧做的，不過就是物歸原主罷了。

空氣中飄著濃濃的煙硝味，等了一會兒，虞巧巧拔出短刀，悄悄摸上前，預防有人沒死，她再補一刀送對方最後一程。

霹靂丸的威力很強，只要在它爆炸範圍內，全部炸死，虞巧巧一一檢查，所有人死得不能再透了，尤其是彭知府，整個人被炸得面目全非。

虞巧巧照例在死人身上搜身找證據，因為按照她臥底的經驗，當罪犯首腦要逃命時會帶兩樣東西，一是保命錢，二是保命證據。

虞巧巧要找的就是這兩樣。

她在彭知府身上找到了銀票，已經被炸焦了，可惜！但是她找到了另一樣東西，這東西被保護得很好，用一種堅固的獸皮包住，裡頭肯定是很重要的證據，可她來不及細看，爆炸很快會將其他人引回來。

她再搜了下，確定沒有其他的東西，她便火速離開。

她撿起地上的一把刀，神情凜然。

于飛，等我，我這就去找你，一定要撐住啊！

第三十章

要找到于飛並不難，循著地上的血跡和屍體就能找到方向。

虞巧巧每見到一具屍體，心就緊縮一下，幸好這些屍體都不是于飛，而是羅煞的刺客。

一開始，她只陸續看到幾具單獨的屍體，直到她發現一群屍體在地上。

她停下腳步，經驗告訴她，這裡接近主戰場了，那些人必是追到了于飛，混戰之後，才會出現一群屍體。

只不過，那些屍體中有沒有于飛就不知道了。

虞巧巧有些怕，但她抱著一絲希望，鼓起勇氣上前查看。

當她發現這些人都不是于飛時，她鬆了口氣，正感到慶幸，眼角瞥見不遠的坡下還趴著一個人。

她認出那人身上穿的是于飛的衣服。

她盯著那個人，他一動也不動，靜靜地趴在那兒，虞巧巧站起身，緩緩走向他。

她沒有隱藏腳步聲，期待對方聽到有人接近能夠動動身子，這樣她就知道他到底是死還是活？

隨著她的腳步聲接近，于飛沒有動作，也沒有任何反應，只是安靜地趴在那裡，彷彿再也沒有抵抗的能力。

是昏了吧？她想。

如果他是因為受傷一時昏迷，她得快點給他吞救命靈丹。

梅冷月的救命靈丹很靈，品質保證，想到此，她加快腳步來到于飛身邊，伸出手探他的頸脈。

沒有跳動。

她不信，再探腕脈，依然沒有任何跳動的跡象。

她的視線落在地上的血……他流了很多血。

虞巧巧的眼淚一顆顆地滾落。

她騙不了自己的眼睛，他全身都是刀傷，有幾刀都在致命的腰部，必是傷到內臟了。

她可以想像他一個人要對付十幾個人是多麼困難，他能殺死那麼多人已經盡力了。

但她不甘，她還想跟他一起在這個世界冒險，他們才剛新婚，有好多架可以吵，有好多話可以聊，她甚至沒機會與他好好切磋武功。

她跟他還沒洞房啊。

她多後悔，明知他很想要她，她卻始終沒給，她多希望能成全他。

她顫抖著身體，眼淚再也止不住，可惜再多的懊悔都換不回他的命，她已經失去他了。

虞巧巧抱住他的屍身，啞著聲音輕輕說道：「走，我們回家……」

她抱著他的身子將他翻過來，死者已逝，她必須讓他瞑目才行，只不過當她把男人翻過來瞧見他的面目時，她哭聲一頓。

虞巧巧盯著男人的臉，雖然一臉血，但五官還是認得出來。

死者不是于飛。

她驚得丟下屍身，整個人彈跳起來，就在她驚疑不定時，聽到了細微的動靜。

「誰?!」

她抓起地上被丟棄的大刀，殺氣騰騰地瞪向聲音的來處。

一抹身影從另一頭爬上來，似乎已經精疲力盡，但仍然用盡最後一口氣似的抬起頭。

「是我……」男人沙啞地說，顯然他也受了不小的傷。

虞巧巧驚呆了，接著認出來人，狂喜驚呼——

「于飛！」

她立刻朝于飛奔去，狠狠抱住他，喜極而泣。

「你沒死？傷在哪？來！先吞下救命靈丹！」

她顫抖著手，將救命靈丹餵給他吞服。

于飛吞下靈丹的同時，握住她的手。

「別怕，死不了。」他啞聲安撫，他只是累極罷了，身上的傷不至於致命。「先離開這裡。」

此時虞巧巧終於恢復了鎮定，于飛提醒的沒錯，她雖然用了霹靂丸，于飛也殺了這麼多人，但就怕敵人沒死絕，萬一找來就麻煩了。

她扶起于飛，迅速另尋他處，幸而沒多久就找到她的馬兒，馬兒適才受驚，被霹靂丸的爆炸聲嚇到了，大概是循著主人來的，所以一瞧見她，很高興地朝她走來。

虞巧巧扶著于飛爬上馬背，她自己則用走的，韁繩已經被她丟了，只能一手扶著馬脖子，引牠跟著自己走。

幸虧馬兒有靈性，乖乖地跟著主人走，有馬兒馱人，速度快了許多。

溪水可以掩蓋足跡，虞巧巧引著馬兒往淺灘走，渡到溪水對岸，找了一處蔭涼處，還有樹木遮擋。

確定四下無人後，她才將于飛放下，查看他的傷口。

如于飛所說，雖然受了傷，但都不致命，而此時虞巧巧才發現，于飛身上的衣服是羅煞的。

原來于飛自知寡不敵眾，只能用智取，他抓了一名刺客，將對方打暈，再將兩人的衣服、褲子調換，自己扮成了羅煞的刺客，反正刺客都戴著面罩，他正好可以遮住面目，魚目混珠。

至於那個被打暈的刺客，他將對方的眼睛弄瞎，然後再按他的人中，讓他甦醒過來，代替于飛成為靶子。

于飛則躲在一旁，伺機而動。

瞎了眼的刺客醒來時發現自己看不到，驚得摀著疼痛的眼睛，這時候其他刺客找來，見到假于飛，拿刀就來砍。

假于飛感受到殺氣，反射動作便是拿刀去擋，因為看不到，因此他也不知道自己身上的衣褲已經被調換，只能憑直覺去反抗。

趁著五名刺客擊殺一人時，于飛出其不意地突襲，射出六扇門的獨門暗器，讓對方四肢僵硬，行動遲緩，他則乘機補刀，將他們全殺了。

畢竟是以一對五，人人武功不弱，他勝在為自己奪得了先機，成功將他們擊殺，但自己也身中多刀，最終力氣用盡，滾下斜坡。

若再有人攻擊，他恐怕已無力對抗，只好先躲著，直到虞巧巧找來，他聽到了哭聲，探頭一看，才知道是她。

虞巧巧確定他沒有性命之憂後，緊緊地抱住他。

緊繃的心終於潰堤，她再也壓抑不住自己的感情，把臉埋在他肩上痛哭。

于飛頓住，接著也緊緊擁住她，任她在自己懷裡哭泣。

他唇角上揚，不需要言語，他的妻子已經用真情表達了對他的在意。

能讓她痛哭，他很心疼，卻也很高興。

這一顆心終究是捂熱了，懂得心疼他了。

「放心，不會讓妳當寡婦。」

這人還有心思開玩笑？她都擔心死了！

「放心，你死了，我就改嫁。」

……嘴硬的女人，他就不信她捨得？他用更緊密的擁抱來向她表達抗議。

「那我得好好活著，免得便宜了其他男人。」

兩人相擁著，抱得難分難捨，但嘴上仍不饒人，似乎只有鬥嘴才能證明他們都活得好好的。

于飛一邊輕撫她的背，安撫她的情緒，一邊忍受著胸口的不適。

「我剛才就很想問了……妳的胸部怎麼變硬了？磕得我肉疼。」

虞巧巧聞言，正想大罵，還沒洞房，他竟敢就嫌她的胸部了，但隨即一怔，她差點忘了，幸而他提醒。

她放開手，退開一點距離，往自己的衣襟內掏東西。

「你看看這是什麼？」

她將那塊從彭知府身上搜出的東西交給他瞧，他覺得肉疼，是因為這東西用堅硬的獸皮包住。

于飛一聽說這東西是從彭知府身上搜出來的，先是狐疑，接著看到獸皮，便知道這東西很重要。

「這是羊皮做的，曬乾後，用一種樹脂抹上一層，可以隔水防火燒。」大致解釋過後，他拆開獸皮袋，掏出裡頭的東西。

是一本帳簿。

于飛翻開帳簿，看了一眼後笑了。

那笑容有驚喜，亦有得意。

虞巧巧好奇地瞟了一眼。「這是什麼？」

「彭知府的私帳……應該說是二皇子貪墨的證據。還記得我說過他盜賣軍糧嗎？這就是盜賣軍糧的帳簿，賣給誰？賣了多少？賺了多少？全都記在上頭，寫得清清楚楚。」

虞巧巧美眸大亮，她只關心這東西對于飛有沒有用？

「能扳倒二皇子嗎？」

于飛的回答是抱著她深深一吻。

虞巧巧能感覺到他的激動和喜悅，她熱情地回應這個吻，他的喜悅也感染了她。

直到把她吻得氣喘吁吁後，于飛才依依不捨地停下，深深地做了個吐納，低啞地回答她。

「能向刑部大人交差，大功一件。」

她咧開嘴角，笑開了花。她才不管刑部大人，不管天皇老子，她只在乎他，對他有用，那就值得了。

于飛緩過一口氣後，心想此地不宜久留，他必須盡快聯絡鍾泰等人，盡快把屍體處理乾淨，還得將彭知府的屍體帶回去交差。

而當他知道妻子用一顆霹靂丸把一群人炸開花後，他幽幽地看了她一眼。

「妳藏了幾顆霹靂丸？」

虞巧巧很大方地承認。「不多，三顆而已。」

也就是說，她用了一顆，還有兩顆。

火藥這種危險物品通常由朝廷管理，彭知府能動用，必是二皇子給的，他們六扇門查到了也得上繳，不能私吞。

「好好留著，別被人發現了。」

于飛聰明地沒向她討回，與其上繳朝廷，不如拿來討好妻子，反正她一臉就是不想還的表情。

果然，虞巧巧聽了他的話，笑得人比花嬌，主動又在他臉上親了一下。

「你真好！」

「知道我好，就別再動不動說要和離了。」難得他也會幽怨一次，看來提出和離時，她傷了他的心。

若是先前，她肯定繼續嘴硬，但在經歷生死關頭後，她不願再給自己後悔的機會。婚姻是相處出來的，說錯一句話，好比在人心口上插刀，她終於明白惡語傷人六月寒的道理，她不會再犯了。

「好，不和離，以後不管咱們有什麼誤會都要說清楚、講明白，但你可要想清楚，我是黑岩派刺客，你是六扇門捕快，除非你後悔，否則我不會放手，我這一生就賴著你了。」

這是她的承諾，也是她的告白，她以身作則，明明白白向他表達自己的情感，不再讓他猜，也不玩曖昧那一套。

她要做他的妻子，白頭偕老。

于飛的目光從來沒有這麼亮過，他伸手輕捏她的臉蛋。

「當初求娶妳時，我承諾過讓妳做想做的事，我不會干涉妳，現在也一樣。巧巧，成親前，我就認出妳了，妳就是刺殺杜成才，那個把我壓在身下的女刺客。」

她驚呆。「你怎麼知道？」

他指了指自己的鼻子。「妳的相公有一個異於常人的鼻子，能聞出妳的味道。」

也就是說，他不但知道她是刺客，還不在乎她刺客的身分，他娶她，完全出自自己對她生出的情意。

虞巧巧恍若重新認識他一般，緊緊盯著他的鼻子，一副不敢置信的表情。

「你能聞出我？」

「是。」

「你不怕娶刺客？」

「不怕。」

虞巧巧意識到，于飛對她透露的是他的大秘密，他本來可以不說的。

他說了，代表他對她交心，完完全全信任她。

得夫如此，妻復何求？

她覺得自己撿到了一個寶。

難怪他知道她是黑無崖後，他會放她和所有人走，因為他是真的不在乎，他只在乎她。

虞巧巧偎入他懷裡，耳貼著他的胸，聽著他的心跳。

「相公。」

「嗯？」

「咱們回家，我想跟你洞房。」

于飛抱緊她，深深地做了個吐納。

「好。」

彭知府與羅煞有勾結，只能給彭知府一人定罪，但彭知府死了，于飛就得想辦法湮滅證據，不能讓人知道彭知府是被虞巧巧炸死的。

這件案子涉及皇家醜聞，虞巧巧不能介入，得完全抹去所有可以懷疑到她身上的線索。

所以，于飛幹了一件好事，把彭知府之死推給二皇子。

二皇子要殺人滅口，用霹靂丸炸死了彭知府，反正霹靂丸本來就是二皇子提供給彭知府的，物歸原主，證據確鑿，完美。

辦案查緝，虞巧巧能力不輸他，但是如何玩政治手段，于飛還是比她在行。官場狡詐，六扇門競爭激烈，不能只靠辦案立功，有時候得懂得避禍，這便是薛凌東輸給于飛的原因。

薛凌東的家世比于飛好，能力也不錯，但論辦案手段，還是比不過于飛。當他知道于飛查出彭知府貪墨的證據，找到盜賣軍糧的帳本時，薛凌東嫉妒得眼都紅了。

這可是大功一件。

于飛得到皇上召見，入宮覲見。

薛凌東和其他大官們不知道盜賣軍糧的主使者是誰，他們只知道彭知府犯了重罪，皇上召見于飛和刑部大人後，又連夜在御書房與宰相和重臣們密議。

有了帳本，皇上終於有了理由開始處理外戚干政，一個一個的修理人了。

二皇子派系的背後便是皇后的娘家人，皇上不動皇后，但他要剪去皇后的羽翼，消滅背後的勢力。

一場政治大清掃開始，接下來就是皇家的事了，皇上賜于飛重金，官升二級，刑部大人之下，就數他最大，他可以直接命令六扇門的人，包括薛凌東那批人。

于飛身上有傷，皇上讓他回家養傷一個月，他接了聖旨，叩謝皇恩，走出了皇宮。

于飛得了一個月的假，沒有回于家，而是直接去了桃花莊。

這一回，他坐著馬車，大大方方地回到桃花莊。

桃花莊設有瞭望臺，他坐在馬車上，瞭望臺的人遠遠就瞧見他，當馬車距離桃花莊大門還有一段距離時，桃花莊大門已開，駕馬小廝告知他，少夫人出來了。

于飛從車廂窗口探出頭，瞧見妻子騎馬向他奔馳而來。

于飛咧開嘴角，笑得開懷。

他的妻子等不及，親自出門來迎接他了。

屋內，于氏夫妻正打得火熱。

虞巧巧說過，等他的傷好了才跟他洞房，于飛確實需要養傷，御醫看過，向皇上稟報他的傷勢，因此皇上才給了他一個月的假。

于飛心心念念著妻子，直奔桃花莊，雖然還不能吃她，但不妨礙他在傷口復原前先向妻子要些甜頭。

彼此確定心意之後，他也不裝了，在其他人面前，他是溫文帶笑的姑爺，但一進了屋，門一關，他就將她壓在門上，瘋狂地吻她。
唉，果然男人一旦開葷，就露出了獸性。
如果她記得沒錯，先前這人還紳士有禮得很，結果一旦嚐到了甜頭，那眼神以及他全身每一個細胞，都在向她討恩愛呢。
她輕輕打他。「小心你的傷啊。」
「等不及。」于飛的臉皮也變厚了。
虞巧巧氣笑了，輕輕摟住他的肩，與他纏綿。
其實她也有些等不及了，她必須承認，她喜歡他的臉、喜歡他的身材、喜歡他的大氣，更喜歡他極力討好她的這個優點。後來對他入了心，愛上他，她已經不在乎他的臉和他的身材，她愛的是這個男人的靈魂，將來就算他老了，她一樣愛他。
兩人吻到忘我，直到她摸到他後背一陣濕，鼻子聞到了血腥味，她才猛然回神。
不管于飛如何要求，她都不准他再繼續。
「把傷養好。」她堅持，還可憐兮兮地說：「不然我會心疼。」
她難得對他露出溫柔小意，于飛一顆心也融化了，不忍讓她難受，他便應了。

好不容易養傷了十天，十天後，于飛讓她檢查，他身上的傷全都結痂了，現在她再也沒理由拖延了。

他一雙眼像兩團火在燒，盯得虞巧巧好似不答應，他就要造反了。

最終，她主動環住他的頸子，送上香吻。

這表示她答應了。

男人得了允許，立即把握良宵，今夜就把夫妻之名坐實了。

他打橫抱起她，大步走向床榻。

這是她的臥房，他還記得他第一次進來時，她的臉色很不好看，一副被人侵門踏戶的模樣。可現在不同了，她不但讓他進門，還讓他睡她的床榻。

于飛知道，她願意讓他進閨房，分享她屋內獨特的陳設，表示她打開了心房，完全接納他。

兩人在床上打得火熱，當除去身上最後一件遮蔽的衣物，肌膚接觸的親密帶來強烈觸電的麻癢，令兩人震撼。

好似尋找多年才終於找到契合靈魂的另一半，這感覺太強烈，也太讓人迷戀。

當慾望主導一切，男人像隻出柙的猛虎，勢不可擋，索求更加劇烈，而女人面對他的來勢洶洶，並不畏懼，反而迎刃而上，有種放馬過來的氣勢。

兩人的洞房在盡興中達到歡愉，可謂欲仙欲死。

于飛不客氣地下了猛力，但是當他進入她身子的那一刻，他停下動作，只因為她疼。

虞巧巧的忍耐力很強，但是女人破處的那種疼與表皮疼痛卻是不一樣的……該怎麼說，就像經痛一樣，任何再強悍的女人對經痛都沒轍。

她很想罵三字經。

虞巧巧緊閉著眼，擰著眉心，努力消化不適感。

她睜開眼，發現他正盯著她，額頭冒汗，隱忍得辛苦，也一臉憂心。

他明明想要她想要得緊，卻願意等她，她本來因為疼痛想罵娘的，見他心疼自己，她心又軟了。

她頑皮地用兩手去抓住他的左右臉頰，往旁邊一拉。

英俊的臉龐被她拉成了可笑的方字臉。

「發什麼呆？洞房還不專心？難不成你是個處男，不知道如何討好女人？」

她故意打趣他，藉此轉移疼痛感，卻不知哪句話捅了他心口，讓他板起臉色。

「處男又怎麼了？」

她怔住，眨了眨眼。「你是第一次？」

在她的認知裡，古代男人滿十五歲就會被大人帶去開葷，這是一種男人長大的儀式，因此她一直以為于飛必然經驗豐富。

「我很挑女人的，沒看上的不想碰。」于飛板著面孔說道。

真是的，這女人明明是處子，說的話卻一點也不害臊，居然嫌他？

虞巧巧不但不生氣，反倒很高興，原來他這麼純情啊……不對，他肯定是對女人有潔癖。

見他板著面孔，她故意裝可憐。

「我流血了……」

「我這不就停下了嗎？」

「流血的又不是你！」

他挑眉。「不然呢？妳是要我動，還是不動？」不動被她嫌棄，動了她又喊疼。

虞巧巧故作思考，建議道：「不如咱們到此為止，歇一歇，改天再戰好了。」

這話又讓于飛氣笑了，他用誠實的身體當作回答。

「巧巧。」

「嗯？」

「別嫌棄我。」他低低的說。

原來到頭來，他最在乎的還是她的感受。

虞巧巧一顆心都化了，緊緊地抱住他。

「只要你不嫌棄我，我也不會嫌棄你，你對我好一輩子，我也對你好一輩子。」她語氣認真。

她很少對人承認，那是因為性格使然，危險的生活讓她把感情看得很淡，不對人輕易說愛。

因為怕失去，所以不輕易把心給人。

于飛明白她的意思，她要的是一個承諾、一個信任。

他對她輕輕道：「我守身如玉，只因沒遇著心上人，一旦遇著了，就是一輩子，我不曾放手過，妳明白的。」

是的，他用行動證明過，他從來沒放開她，他一直追著她。

虞巧巧笑了，親吻他的唇。

「今夜是咱們的洞房花燭夜，願夫君把握良宵。」

于飛笑道：「不只今夜，夜夜都是。」

他雖然是第一次，但不代表他不會，為了讓她舒服一點，他使勁用撩人的手段讓她轉移注意力，身子盡快放鬆。

身下的妻子閉眼嬌吟，果然身子有了滋潤，就沒那麼疼了。

于飛能感覺到她的放鬆，知道她適應了自己，接下來，他便不用客氣了，努力耕耘這塊處女地。

相信很快的，他不只有了親愛的妻子，也將會有一群像他們兩人一樣聰慧的兒女。

番外一　菁兒，本名周靜

時值夏季，正是荷花盛開的時節。

湖邊聚集了不少賞荷的百姓，不少姑娘家或是結伴出遊踏青，或是在家僕、婢女的伺候下，占了涼亭的位置看景。

一對主僕來到時，湖邊的好位置都被占了，涼亭裡也都是人，已經找不到可以坐下的空位。

「姑娘，這兒人多太擠，不如咱們去茶樓吧？」

女子回過頭來，一張嬌美的臉蛋被陽光襯得膚白玉嫩，好似晶瑩發亮的珍珠。

經過的男子瞧見了，不禁駐足。

好一個嬌滴滴的美人！

她一身清雅，手執團扇，嘴角微微上揚，美眸顧盼生憐。

周靜瞧了瞧湖邊的茶樓，同意了婢女的意見。

主僕兩人遂往茶樓而去，對一旁幾名男子癡慕的目光並不在意。

在荷花盛開的時節，茶樓高朋滿座，也是一位難求。

「兩位姑娘，咱們這兒沒位子了。」店小二道。

婢女聽聞，指著樓上道：「我剛才看了，樓上窗邊空著呢。」

「姑娘有所不知，樓上已經被客人包下了。」

婢女失望，只好轉身看向主子。

「既如此，咱們就再去找找吧。」周靜安慰婢女，她自己是不覺得如何，有位子就坐，若沒位子散散步也好。

反正，她只是來此等人的。

主僕兩人正要離開，突然有人叫喚——

「姑娘留步。」

周靜主僕聞言，停下步伐，回頭望向茶樓掌櫃，只見茶樓掌櫃端著討好的笑，指了指樓梯口。

「那位劉公子說他包了二樓雅座，可以讓出一桌給兩位。」

主僕倆順著掌櫃指的方向看去，一名風流倜儻的男子正站在通往二樓的樓梯旁，搖著摺扇，嘴角含笑地看著她。

他有一雙桃花眼，笑起來特別風流，相貌英俊，穿著上好的衣料。

婢女瞧見了，立刻轉頭對周靜道：「不是好男人，別去。」

周靜笑了笑，以團扇遮嘴，低聲回答。「是不是好男人不重要，重要的是好位子，既然他要讓一桌給咱們，咱們就上去，機不可失。」

婢女努了努嘴。確實，有好位子不坐，上哪去找？

「行。」婢女遂對掌櫃道：「咱們要了。」

掌櫃的朝她們兩人彎腰，叫來另一名店小二，領兩人上樓。

主僕二人到了樓上雅座，一見臨窗的景色，美得如一幅畫，嘴角都高興得上揚了。

店小二招呼道：「姑娘喝什麼茶？」

「來一壺龍井吧。」

「好咧！」

臨窗的桌子是一張四方桌，一邊靠了窗，所以只有三個位子，這三個位子不管哪一個位子都能欣賞到荷花，本是極搶手的好位，連富人都要搶，有錢可能也搶不到。

婢女開心地道：「這位置真是絕佳賞荷的地點。」

周靜輕搖團扇，嘴邊微笑亦如花開。「正是。」

不一會兒，店小二送來一壺茶，還有一盤做成荷葉形狀的糕點。

「咦？咱們沒叫糕點啊？」

「這糕點是劉公子請的。」

主僕倆又瞧去，劉公子搖著摺扇，就坐在另一桌臨窗的位子，一雙桃花眼對她笑了笑。

「不能吃。」婢女說。

周靜遂對店小二道：「多謝那位公子的好意，咱們想自己付銀子。」

「姑娘有所不知，這荷葉糕是咱們茶樓的賣點，只有夏荷時節才有，必須事先預訂，劉公子訂了這糕點，已經付了銀子，姑娘若要自己點，也沒有了。」

周靜恍悟。「原來如此，那就謝謝劉公子了。」

主僕二人一起品茶香、嚐糕點，欣賞窗外的荷景，心情分外愉悅。大概是因為她沒有拒絕糕點，因此那劉公子便走上前搭訕。

「在下劉銳，可否與姑娘結識，共賞此景？」

周靜尚未開口，婢女已經代她拒絕。「不行，沒位子了。」

「姑娘只有兩個人，位子有三個，為何沒位子？」

「咱們不止三人，還有一個沒到呢。」
「原來是三位姑娘。」
「是兩位，我們在等我家公子。」
竟是已經名花有主了？
劉銳目光閃了閃，對婢女的冷臉不以為意，他看上的獵物很少會放手。
他笑了笑。「既如此，只好得罪了。」說著朝另一桌人使了個眼色，原本坐在鄰桌的四人突然站起來，將兩人圍住。
周靜怔了下，婢女站起身大罵。「你們幹什麼？」
劉銳露出了邪笑。「本公子在此等了三日，總算等到了好貨色，豈可放棄？乖乖的跟爺走，只要聽話，爺會憐香惜玉的。」
婢女擰眉。「光天化日之下也敢調戲良家？」
劉銳收起摺扇。「非也，調戲不敢，只是想給姑娘一個富貴，去伺候貴人。」
周靜好奇問：「難不成最近城中許多失蹤的姑娘，都是被你抓走的？」
「不是抓，而是請，她們都是自願的。」劉銳笑了笑。「很快的，妳也會自願了。」

周靜歪頭打量他。「何解？是不是自願，我自己知道，如果我不願，你又如何讓我自願？」

劉銳笑看美人純真疑惑的表情，這位美人是他近期見到最上乘的，他願意多跟她解釋。

「因為這壺茶和糕點各下了兩種藥，只食其中一種，不會有事，但兩種合在一起，便能發揮藥效，讓妳本來不願，後來就願意了。」

周靜恍悟。「原來如此。」

劉銳上下打量她，好奇地問：「姑娘似乎不怕？」

周靜笑道：「我家相公是解毒高手，我的丫鬟是武林高手，何懼之有？」

劉銳愣住，接著大驚。「糟！上當了，撤！」

可惜已來不及了，他忽然身子一僵，竟是兩腿動彈不得，他帶來的手下們也一個個同樣不能動，彷彿兩腳生了根，移不得半步。

這時，一名男子緩緩行來，走到周靜這一桌，就著中間的空位坐下。

周靜笑了笑，親手拿起茶壺，為他斟了八分滿。

「茶不錯，糕點也美味，不過就是有毒。」她輕鬆的語氣彷彿在跟梅冷月說，這家的瓜子不錯吃，你可以嚐嚐看。

梅冷月朝她伸出手。「過來。」

周靜紅了臉。「有別人在呢。」

梅冷月淡然道：「不然我把他們的眼睛弄瞎？」

周靜嘆了口氣，嗔了他一眼，站起身，對劉公子和其他人無奈地解釋。

「這是我家相公，昨日剛成親，今日帶我出門賞荷，他說這家茶樓是黑店，專拐良家女子，我一時好奇，便想進來看看，是不是真像他說的是一家黑店。」

相公都介紹了，也順便介紹她的婢女。「這是初初，她是武林高手，功夫了得，是相公找來護我的，有個婢女在身邊，比較方便。」

周靜朝眾人歉然地福了福身。「你們放心，我家相公答應了我不會殺人，所以你們中了毒不會死，只是兩腿不能動而已，等我們喝完茶就會去報官，忍一忍啊。」

說完，周靜再次向眾人福身，才羞若芙蓉地坐到梅冷月的大腿上。

這是他們的情調，梅冷月的位子正對著窗，景觀角度最好，他叫她過來，便是要她看到最好的角度，而每回欣賞風景時，他嫌外頭髒，總是要她坐在他的腿上。

她一坐下，梅冷月便環著她的腰。

「怎麼不梳婦人髻？」

「姑娘髻好看。」

「行。」

不管是婦人髻或姑娘髻，他都不在意，他只在意她這個人，她高興就好。

周靜很幸福，她臉上的斑已經被丈夫神奇的醫術治好了，恢復了美貌。梅冷月雖然性子冷，但他的好，只有她知道。

她說想看看這個世界，他便帶她遊走天下，只要她想，他都答應她。

嫁夫如此，已無所求。

就這樣，劉銳等人冷汗涔涔，雙腿全都不能動，接著他們發現自己口也不能言，而那對夫妻便旁若無人地欣賞荷景。

劉銳此時突然想到，江湖傳言有一名神醫，用毒和用藥一樣厲害，被稱為「奪命華陀」，聽說這位奪命華陀身邊有一名美人，帶著她遊走天下……

劉銳只覺得渾身冰冷，吾命休矣！

番外二　敬茶

「四季茶樓」是東綾城眾多茶樓中的其中一家，近來每到說書時刻便高朋滿座，為的是聽這位新來的茶博士說書。

這位茶博士口才了得，擅長將江湖發生的大小事，說成一篇篇膾炙人口的精彩故事，每每讓在場眾人聽得如癡如醉，拍手叫好。

今日，他故事裡的主角不是傾國傾城的美人，亦非忠肝義膽的臣子，更不是見義勇為的大俠，而是一名大夫。

「梅泠月，此人身世神秘，神龍見首不見尾，他醫術高明，凡是他經手的病人必能藥到病除，再困難的疑難雜症他也能治，但是要他願意治病，可太難了。」說到此，茶博士搖搖頭，摸了摸下巴的鬍子，拿起茶盅，慢條斯理地啜飲。

有人等不及開口問：「是因為診金太高了吧？」

茶博士瞥了那人一眼，將茶盅放下，拿起扇子搧涼，賣了個關子。

「非也，大夥兒猜猜，猜中了，茶錢我付。」

此話一出，眾人來勁了。

「既是神醫，肯定面子要大，必是對方來頭要大，神醫才可治！」

茶博士穩坐如山，搖搖頭。「非也。」

「必須是美人才治？」

「非也。」

「要拿出稀世珍寶才肯治？」

「非也。」

眾人此起彼落地猜著，從財寶、美人、美食、利誘、威脅，一直猜到一命換一命等等，茶博士始終搖頭，好整以暇地搖著扇子，嘴角掛著淺笑，一副高深莫測的模樣。

說書講究的是氣氛，東綾城不止一家茶樓，東西南北四條道上，大大小小的茶樓加起來就有十幾家。

各家的茶都是好茶，你能進好茶，我也能進，各家都在配茶的點心上花心思，但是客人挑嘴，這家點心吃膩了，就換別家嚐嚐，點心的吸引力不夠，就加上節目。

彈琵琶聽曲、戲子唱歌等等，各花心思去挖人才，直到四季茶樓找上這位茶博士來說書，意外地大受歡迎。

這位茶博士不但能將故事說得高潮迭起，還懂得掌握氣氛。瞧，故事才開始沒多久，他就逗得眾客官一起玩猜謎遊戲，惹得大夥兒興高采烈地搶答，而他只需搖搖頭、喝喝茶、搧搧涼，好不悠閒。

當眾人猜得差不多時，他目光掃了一圈，見沒人舉手猜了，便道：「還有沒有人要猜的？沒有的話，老夫可要公布答案嘍。」

此時一道悅耳好聽的女子嗓音，輕輕開口。

「梅大夫願不願意治病，完全看他心情，至於診金，也是因人而異，他要的診金，有時候可能只是一種稀世藥材，有時候可能是黃金，甚至有時候，他不要金銀財寶，要的是對方為他做一件事。」

一片寂靜之下，女子的聲音傳到每個角落，讓每個人清清楚楚地聽到她說的話。

眾人的視線循著聲音集中在女子臉上，就見說話的女子是個大美人，她梳著婦人髻，膚白玉嫩，一雙美眸好似有星光揉碎在眼裡。

見著回答的是個美人，茶博士聰穎，知道這是一個製造高潮的機會，他故作驚訝。

「夫人的答案十分細膩呀。」

美人巧笑倩兮。「多謝褒獎。」

正當眾人以為美人猜對時，茶博士卻是遺憾地搖頭。

「差了一點。」

美人愣住，面露疑惑。「差了哪一點？」

眾人心中也這麼問的，到底差了哪一點？

茶博士見眾人目光專注，引頸期盼，好奇心被提得高高的，他便公布答案。

「神醫梅冷月，江湖人稱『奪命華陀』，他治病看的是心情沒錯，但他收診金，收的卻是對方的命，要他救人，行，一命換一命！」

眾人聽聞，一陣譁然。

問話的女子卻不依了。

「胡說！怎麼可能？」

茶博士被美人質疑，為了自己的口碑，一臉正色道：「老夫說的是事實，此事江湖人皆知，若不然，怎會得了個『奪命華陀』的稱號？」

眾人聽聞，又是一陣喧囂，有人點頭稱是，既是奪命，那當然是收人性命當診金了，否則怎會用一個「奪」字呢？

美人不淡定了，似是對這個答案十分不滿，見眾人幾乎都贊同茶博士的說法，她只好不滿地向身邊的男人抗議。

「你就不反駁一下？」

這名美婦人不是別人，正是周靜，而她身邊的男人便是她的丈夫，梅冷月。

他淡然對上妻子瞪來的眼，淡漠開口。「反駁什麼？」

「反駁他造謠呀。」

梅冷月卻是事不關己地回答。「他說得沒錯。」

周靜呆了，繼而變了臉色。

「你、你真的幫人治病時，要一命換一命？」

此話一出，周圍的人都安靜了。

梅冷月冷笑。「沒錯，要我梅冷月救人一命，就得拿另一條命來換。」

眾人鴉雀無聲。

不知是誰先起的頭，有人慌張地離開位子落跑，有人接著起身也跟著跑。

恐懼像是傳染病一般蔓延開來，有一就有二，有二就有三，當眾人發現奪命華陀在此時，周圍的人逃的逃、躲的躲，原本座無虛席的茶樓，竟是連說書都不聽了，大夥兒先逃命要緊。

整間茶樓只剩下三個人坐著，梅冷月和周靜，以及茶博士。

適才還熱鬧滾滾的現場，這會兒只剩人走茶涼的冷清。

茶博士高坐在臺上，依然穩如泰山，拿起茶盅慢條斯理地飲啜，一副人跑了也與他無關的模樣。

周靜雖然與梅冷月成了親，可對於他的事，她直到此刻才發現，她好像不夠了解他。

她對他的認知，大多停留在桃花莊時的相處上。

成親後，梅冷月雖然性子冷，但他對她是真的好，銀子任她花，她想做什麼，他都由著她，甚至在她提出想看看這個世界時，他也二話不說，帶著她去遊山玩水。

他已經帶著她走過許多名山勝景，見識過南北各地的風俗民情。

這一路上，他對她的照顧十分周到，絕不讓她冷著、餓著或是遇到任何危險，只除了夜裡讓她受了些苦，但那種苦也是甜的，最多隔日一早下不了床而已。

他對她，可說是百依百順。

況且，自從她嫁給他，就過上了一名女子最幸福的日子，不用伺候公婆，毋須困守後院，人家說嫁夫隨夫，但梅冷月卻是娶妻隨妻，她去哪裡，他就跟去哪裡，他從不限制她，也從不束縛她。

今日他們遊歷到此城，行經四季茶樓，便在此稍作休憩，剛好趕上說書的，她便拉著他一塊兒來聽故事。

哪知道這麼巧，今日故事的主角竟是她的丈夫梅冷月。

周靜本來還興致勃勃的聽故事，直到茶博士說她丈夫的壞話，她不高興了，她認為丈夫只是性子冷，但其實人不壞，怎麼可能要人拿命當診金？

這是誣衊！

她以為丈夫跟她一樣，肯定很生氣，丈夫這麼厲害，他只要出手，就能教訓那個造謠的老頭子！

哪知丈夫不但不反駁，甚至還承認了！

周靜震驚，整個人都懵了。

她怔怔地看著他，不知該說什麼好。大夫行醫，濟世救人，怎麼能讓人拿命來償呢？原本以為他只是看起來冷淡罷了，卻沒想到，他真如此冷漠無情？

淚水模糊了她的眼，她終於沙啞地開口。

「你怎麼能這麼狠心？」

梅冷月看著妻子，見她水眸溢出了一滴淚，他擰眉，伸手要為她拭淚，她卻退後一步。

「你怎麼能如此藐視人命？」

大顆的淚珠恍若斷了線的珍珠落在地上，也落在梅冷月的心口。

他臉色很難看，他是冷漠沒錯，但那是對外人，他這人親疏分得很清楚，幾乎可以說是薄情寡義了，但那是外人不了解他。

他並非無情，只不過他的情少得有限，而且不隨便給。打個比方，他視虞巧巧為友，於是他少量的義，便給了虞巧巧。

同樣的，他視周靜為自己的妻，因此他所有的情便全給了她。

他就算對世上所有人無情無義，也不會對自己人薄情，這種事他拎得很清。

對梅冷月來說，這不算什麼事，但見到妻子哭紅了眼，還拒絕讓他碰觸，他就不淡定了。

梅冷月抿了抿唇，一雙厲眸瞪向那個始作俑者。

「看夠了沒！」

他斥責的對象正是安坐在臺上的茶博士。

茶博士不但不怕，還反過來數落他。

「你瞧瞧你，真沒用，媳婦哭了也不會哄，真是一點都不像我。」

梅泠月哪裡管他，不耐煩道：「看夠了我就把人帶走了。」

「你敢！老子都還沒喝媳婦敬的茶呢，不准走！」

周靜一呆，眨著淚眸來回看著兩人。

老子？媳婦敬的茶？怎麼回事？

她的驚訝和懵樣全寫在臉上，尚未弄清楚時，就見原本高坐在臺上的茶博士突然人影一閃，來到他們面前，驚得她立即躲到丈夫背後。

適才還傷心得不肯讓丈夫碰，但是遇到危險，她下意識還是躲到丈夫身後。

茶博士見狀，調侃了梅泠月一句。「喲，看來她還是挺依賴你的。」

梅泠月冷哼。「那當然，我是她的丈夫。」

瞧這護妻的態度，茶博士看了都吃味。

「還不快點跟她介紹介紹。」

梅泠月雖不情願，但他知道，即便他不在乎世俗禮儀，但妻子需要，因此他只好對身後的妻子介紹。

「他是生我的人。」

周靜仍不解地回望他。

茶博士揉了揉眉心，忍住想毒死兒子的衝動，他將親切的笑容掛回臉上，對新媳婦自我介紹。

「我是他爹。」

周靜瞪大眼，驚訝全寫在臉上，她瞧瞧梅冷月，見他抿著唇，並沒有否認，立刻恍然大悟。

她本是官家小姐，只因遭逢家難而流落他鄉，但從小教導的禮儀是刻在她骨子裡的，況且，她只是一開始被嚇到，但聰慧如她，立即明白怎麼一回事了。

她趕忙從丈夫身後走出來，倒了一杯茶，來到老者面前，將茶杯遞上，恭敬地開口。

「爹，請用茶。」

茶博士哈哈大笑，爽快地伸手接過茶杯，一口飲盡，接著拿出一個木盒遞給她。

「來，這是爹給妳的見面禮。」

周靜對這個公爹感到十分好奇，因為她從來沒聽梅冷月提過他有一個爹。她父母皆亡，已無親人，丈夫就是她唯一的親人，現在又多了一個公爹，令她既驚訝又欣喜。

原來丈夫這一趟進城是要帶她見公婆的。

周靜含羞收下了木盒，輕輕打開，露出裡頭的一把小刀。

「這是削鐵如泥的匕首，如果他對妳不好，妳就用這把匕首防身。」

「……」他們父子感情是有多不好？

「爹放心，冷月對我很好。」

茶博士又拿出一個荷包交給她。「這是妳那去世的婆婆留下的，要給未來的兒媳，現在交給妳了。」

周靜一聽，立即正色，將木盒放在案上，雙手慎重地接過荷包，打開一看，是一只青玉環。

只看一眼，她便知這玉環價值不菲。

她面露猶豫。

「戴上。」一旁的梅冷月道：「這是我娘的心愛之物。」

周靜聽了，便知不能拒絕，為表示對長輩的孝心，她立即小心翼翼地將玉環套進手腕。

青玉冰涼，尺寸剛好。

父子倆見她戴上玉環，竟是十分契合，都露出滿意的笑容。

周靜慎重道：「公爹放心，媳婦必會好好珍藏，絕不會弄壞它的。」

「珍藏？不必，倒是要時常拿出來用。」茶博士說著，對兒子叮囑。「你教教她，這好東西別浪費了。」

梅冷月完全沒意見，還真的認真教她。

「這玉環是找人特意打造的暗器，妳瞧，環內有一個開關，朝這裡按一下，暗器就會射出來。」

茶博士補充。「平常妳多練習，射出去時才有個準頭，想當年妳婆婆用這個暗器對付我，害我躺了七天動不了。」

梅冷月也補充。「這裡頭有十二根針，每根針都淬了毒，一根針就能射倒一頭百斤重的野豬。」

父子倆殷勤地替她解說，一談到兵器，兩人眼睛都亮了。

直到此時，周靜才深切地感受到他們真是父子，原來她這位公爹是當年江湖上赫赫有名的大夫，年輕時也是一名俊美男子，據說紅顏知己滿天下。

而她那位去世的婆婆則是擅長使毒的高手，被江湖人視為邪教人物，卻生得貌美如花。

這兩人成了夫妻，生下了梅冷月。

周靜現在終於明白，為何丈夫既能治病又能使毒，原來是傳承自一正一邪的公婆。

見他們對這青玉環如此喜愛，愛屋及烏的眼神有志一同地落在她身上，一副「妳瞧，這寶貝不錯吧」的模樣。

周靜瞬間了悟，因為她不會武功，所以他們送她的都是保護自身的兵器，不管是正是邪，這都是他們愛護她的心意。

丈夫帶她見公爹，便是證明她是梅家婦的一種儀式，他自己明明不喜世俗禮儀，但為了她，他願意走這一趟。

公爹必然是深愛他那位過世的妻子，因為荷包已經有些年頭，應該是婆婆所繡的，他將愛妻之物交予她，便是一種認同。

周靜心領神會，心中有暖暖的感動。

匕首也好，暗器也罷，都代表了他們的心意。

周靜正色道：「媳婦很喜歡，必然一輩子珍視，隨身攜帶。」說著，她感到腰間一暖，是梅泠月的掌心摟著她。

她抬眼，對上他含笑的眼。

這是他第一次，笑得這麼和煦溫暖。

其實，他的心一點也不冷呀，他只是不輕易表達罷了。

周靜看向公爹。「爹，泠月不是無情之人，爹別再逗他了。」她現在知道，丈夫治病，一命換一命，肯定有原因。

茶博士一愣，繼而哈哈大笑，轉頭對兒子道：「你娶了個聰明的好媳婦。」

這一回梅泠月沒有給他爹臉色看，唇角帶笑。

事後，他好奇問妻子。

「妳可知道，我治病，一命換一命，是為了什麼？」

周靜偎入他懷裡，抬頭望著他，滿眼都是笑。

「你太出名，若不開出這個條件，找你醫病的人會人滿為患，只得想個名頭嚇嚇人，才不會滿天下的人都在找你呀。」

梅泠月雙臂環著妻子，低下頭，嗓音低啞。

「沒錯，人心太貪，我不想辜負他人，只想治自己想治的人，例如妳。」

周靜看著丈夫，主動上前親吻他的唇，他立即擁緊她，加深這個吻。

她知道，這男人不僅治好她的臉，也醫好她的心，嫁給他，她從此再無遺憾。

番外三　她的秘密

清晨，陽光從窗外灑落屋內，光線透過布簾，減弱了亮度，讓屋內保持適當的昏暗。

大床上的男人睜開眼，映入眼簾的景色，讓他有身在異國之感。

畢竟像這樣擁有異國風情的臥房，只有一間。

他想起來了，這裡是桃花莊，今日他休沐，而昨夜的激戰，令他今晨醒來時都在笑。

于飛伸手摸向一旁，空空如也，昨夜睡在他身邊的妻子比他醒得更早，不知去了哪裡。

于飛起身下床，走到窗邊，掀開窗簾。

不得不說，在窗上加上一塊布還挺不錯的。

他環視這間臥房，乾淨俐落，色調溫和，十分大氣。

于飛必須承認，他很喜歡這間臥房，因此每回休沐時，他不是回于家，而是直接來桃花莊。

桃花莊住起來實在太方便，處處都透著便利。

例如這一格一格的抽屜，還有桌椅的設計，以及線條簡潔的窗戶和素淨的窗簾。

屋內的家具沒有繁複的雕花，看似樸素，但是擺在一起卻有一種奇妙的平衡感，彷佛它天生就該是這樣。

這樣的屋子給人一種說不出的平靜和舒心。

于飛環視一眼，便起身漱洗、更衣，接著出了屋。

照例，他在練武場找到了虞巧巧。

如往常般，他瞧見了她在揍人。

他知道她喜歡找真人對練，也知道那些人打不過她。

他沒出聲打擾，而是在一旁看著，心裡讚嘆妻子精力旺盛，昨夜還在他身下呻吟的女人，今早還能起身與人過招。

她紅撲撲的臉蛋光彩照人，目光明亮而熾熱，他在她身上瞧見她對這個世界的熱情。

阿立和阿誠兩人被打趴在地上後，虞巧巧依然精神亢奮地笑罵他們，接著大聲問道：「還有誰想來挑戰？」

「我來吧。」

于飛上前，一邊挽起袖子，一邊笑看她。

她終於注意到他，他在她轉過來的目光中，瞧見了喜悅。

他看見她笑了，笑得恣意而張揚，她甚至還扳了扳手指，發出咔咔的聲響，全身蓄勢待發，一副準備痛扁相公的模樣。

自從兩人坐實了夫妻之名，有了肌膚之親後，她對他，不再隱藏真正的性情。

溫柔體貼、乖巧順從？不，她豪邁不羈，招招有力，對他，她都是來真的。

唉，都是他慣的，但是他喜歡。

于飛嘴角勾起笑，目光也露出虎豹般銳利的精芒。

在床上，他們打得火熱。

在練武場上，他們打得更是熱火朝天。

兩人過招的事情傳開，原本在桃花莊各處幹活的眾人全被吸引過來看熱鬧，大夥兒甚至自發性地開了一場賭局。

這便是桃花莊的日常，平時這群見不得光的黑岩派刺客們，一聽到他們夫妻打起來，跟自己打了雞血一樣，在一旁吶喊叫好。

于飛必須承認，他也很喜歡。

他喜歡她在場上拚盡全力的模樣，汗流浹背，青絲飛揚，這樣的她，很美。

她的拳腳功夫很好，與他不相上下，與她過招的次數多了，多少摸出了些心得，他反應快，這次吃虧，下次就知道改進，因此這一場對打，他挨的拳腳不多。

男人嘛，被妻子打幾拳無所謂，看到她得意，他也高興。

這場勝負以她將他壓制在身下而贏，當然，其中有他讓她的成分在，畢竟他怎麼可能真對她使出全力？

他可捨不得打她。

事後，兩人一塊兒去泡澡，將一身的汗水洗去。對此，妻子有個特殊的講法，稱洗浴叫做「洗澎澎」。

她有很多奇怪的用詞，常常是隨口道來，別人或許覺得那是她想出來的，但于飛可不這麼認為，他覺得，這是她那個世界的用詞。

虞巧巧泡在水中，舒服地嘆息。

丈夫結實的胸膛是她的最愛，靠起來跟沙發一樣舒服。

她閉目養神，任由男人的大手在她肩背上按摩。

他指腹有力，按摩的力道剛剛好。

其實來到古代後，她很懷念自己留在現代的按摩椅，那可是一張昂貴又高檔的按摩椅，躺上去就能享受全身舒壓的快意。

虞巧巧全身放鬆，享受丈夫的揉捏、按壓，比按摩椅更舒服，她終於不再懷念現代的按摩椅了。

「舒服嗎？」

「嗯。」

「我這樣的伺候，夫人可滿意？」

「滿意。」

「喜歡我的力道嗎？」

「喜歡。」

「會想回去妳那個世界嗎？」

「不會。」

說完，虞巧巧心頭咯噔一聲，猛然警醒過來。

他剛才問了什麼？而她回答了什麼？

她終於睜開眼，抬頭看他，他也正低頭盯著她。

「妳果然是從別的世界來的。」他說。

這話不是猜測，是斬釘截鐵的語氣。

虞巧怔怔地看著他，沒想到他居然猜到了，他知道她不是這個世界的人。

她先是驚訝，繼而恍悟。

這不奇怪，于飛會知道，理所當然。他的心思細膩，自從兩人坦誠相見，生活在同一個屋簷下，他沒發現才怪。

況且，她在他面前也懶得遮掩了，他擅長辦案，這麼多細節在他眼皮子底下，他一經推敲，很容易就得出結果。

若換作是她，她也會發現的。

驚訝過後，她又恢復了鎮定。

哼，知道又如何？他想離婚嗎？

她靠回他的胸膛上，一副「你知道就知道，老娘天不怕地不怕，還怕你來著」的模樣。

于飛見她一副死豬不怕滾水燙的樣子，禁不住失笑。

「不解釋一下？」

「解釋什麼？」

「解釋妳那個世界是什麼樣子？」

虞巧巧「呵」了一聲，抬起臉，伸出一根手指在他胸膛上戳了戳。

「你不是找人查我了嗎？你自己查啊，你那個暗衛叫什麼來著？他功夫不錯，挺會跟蹤人的。」

男人的大掌抓住她的手，按在心口上。「我不是故意讓他跟蹤妳，我是讓他保護妳。」

虞巧巧哼了聲，對他翻了個大白眼。「做人不要太好奇，小心惹火上身。還有，你那個暗衛，跟監就跟監，居然搞上我家圓圓了，切！吃裡扒外的傢伙！」

于飛挑眉。「妳還說，明明是妳叫那三人去勾引我的手下不是嗎？妳給她們三人任務，讓她們用美人計去套話，把我的人都勾去了。」

虞巧巧非但不心虛，反倒得意了。

「那當然，我看上的美人，一個個都是人才，可不是胸大無腦的女人呢。」

胸大無腦，也只有她嘴裡能冒出這麼個露骨又有趣的字句。

于飛低下頭，央求道：「告訴我吧，若不搞清楚，我心裡不安。」

一想到妻子可能來自一個他不知道的世界，他便害怕，害怕她有一天消失了，去到一個他不知道的地方，思及此，他便日夜難安。

虞巧巧看著他，即便他表情嚴肅，但她依然能從他的肢體感覺到他在緊張，並且在意，他迫切想知道她來自何處。

他難得如此低姿態地求她，令她不由得心軟了，鐵骨柔情，最難拒絕。

她把臉貼回他的胸膛，撒嬌地蹭了蹭。

「行，既然你那麼想知道，我就說了，你可仔細聽著，別被嚇到了啊，因為我那個世界啊，完全超出你的想像……」

這個澡堂的水池是他們私密的空間，他五感敏銳，若是隔牆有耳，他會察覺，比監控還厲害，因此她不怕有人偷聽。

她開始娓娓道來，與他介紹她那個世界，還有她的身分。

他安靜聽著，可是他心律的跳動，讓她感知到他有多驚訝。

當說完了一切後，虞巧巧突然覺得，來到古代後，她不再是一個人，如今終於有人知道了她的秘密，而這個人是她的丈夫，是她最親密的人。

于飛不愧出自六扇門，膽大心細，見多識廣，除了一開始的沈默，在經過消化後，也恢復了正常。

頭一回聽到她說的那個世界，他肯定有很多疑問，她很好奇他會問什麼？

「妳有辦法回去嗎？」

她嘖了一聲。「若能回得去早就回去了，還在這裡跟你泡澡？」

「很好，那就別回去，一輩子待在這裡陪我。」

他的語氣突然變得強硬，抱著她的手臂更用力了，彷彿要困住她，不讓她離開。

虞巧巧沒料到，他什麼都不問，就只問了這句，她先是愣怔，接著心悅而笑。

他不在乎她從哪裡來，他只在乎她這個人。

這個男人很愛她。

她也抱緊他，語氣堅定。「好，不回去，咱們一輩子作伴。」

她抬頭笑看他，瞧見他形於外的狂喜，他低下頭吻住她，她閉上眼，熱切地回應。

你不離，我便不棄，不求來生，珍惜今世。

——全書完

2022年11月出版

姑娘深藏不露

文創風 1115~1116

七妹剛從村裡逃出來，初出江湖，自是不知險惡，
遇到有人求助，她定是二話不說，伸出援手，
但世上的人，不是每一個都像她那般單純。
於是她懂了，凡事不可輕信，在這險峻江湖，她要靠自己！

有一種愛情叫莫顏，有笑也有甜／莫顏

安芷萱一開始並不叫這個名字，而是叫七妹。
七妹出生在溪田村，爹娘死後被二伯收養，
誰知無良二伯和村長勾結，一心只想把她賣了賺錢。
她才不願讓他們得逞呢，天下之大，何處不能容身？
她乘機逃脫，路上偶然得到法寶幫忙，
原以為靠著法寶，她可以美滋滋過著自己的小日子，衣食無憂，
誰料得到，竟是將她拉進一連串驚心動魄的旅程……
易飛身為靖王身邊的得力護衛，什麼江湖高手沒見過？
誰知一個看似無害的姑娘，竟讓他有如臨大敵的感覺。
易飛覺得安芷萱很可疑。「她一路跟蹤我們，神出鬼沒。」
好夥伴喬桑狐疑道：「可是她沒有內力，也沒有武功。」
安芷萱趕緊附議。「我是無辜的。」
易飛認定這姑娘有問題。「她掉下萬丈深淵，竟然沒死。」
軍師柴子通捋了捋下巴的鬍子。「丫頭，妳怎麼說？」
安芷萱回答得理直氣壯。「我吉人自有天相，大難不死！」
一旁的護衛們交頭接耳，還有人說她是東瀛來的忍者……
安芷萱抗議。「怎麼不說我是仙子？」
靖王含笑道：「小仙子是本王的救命恩人，不可無禮。」
安芷萱眉開眼笑。「殿下英明。」
易飛冷笑，一雙清冷眉目瞪著她。妳就裝吧，我就不信查不出妳的秘密！
安芷萱也笑，回瞪他。你就查吧，看我怎麼玩你！

2022年2月出版

將軍求娶

文創風 1034

【洞房不寧之三】

系列最終章！
揭開每對冤家間的故事，
這回出場的不靠美男般的顏值，靠的是始終如一的毅力，
還有他寵女人的功力，以及臉皮的厚度……咳咳……

江湖上無奇不有，天后筆下百看不膩／莫顏

楚雄一眼就瞧中了柳惠娘，不僅她的身段、她的相貌，
就連潑辣的倔脾氣，也很對他的胃口。
可惜有個唯一的缺點──她身旁已經有了礙眼的相公。
沒關係，嫁了人也可以和離，
他雖然不是她第一個男人，但可以當她最後一個男人。
「你少作夢了。」柳惠娘鄙視外加厭惡地拒絕他。
楚雄粗獷的身材和樣貌，剛好都符合她最討厭的審美觀，
而他五大三粗的性子，更是她最不屑的。
「妳不懂男人。」他就不明白，她為何就喜歡長得像女人的書生？
肩不能挑，手不能提，只會談詩論詞、風花雪月有個鳥用？
沒關係，老子可以等，等她瞧清她家男人真面目後，他再趁虛而入……
果不其然，他等到了！這男人一旦有錢有權，就愛拈花惹草，
希望她藉此明白男人不能只看臉，要看內在，自己才是她心目中的好男人。
豈料，這女人依然倔脾氣的不肯依他。
「想娶我？行，等你混得比他更出息，我就嫁！」老娘賭的就是你沒出息！
這時的柳惠娘還不知，後半輩子要為這句話付出什麼樣的代價……

2021年8月出版

劍邪求愛

文創風 985

【洞房不寧之二】

在這世上，殷澤只拿兩個人沒轍，
一個是劍仙段慕白，另一個就是肖妃，
她會對其他人笑，唯獨在他面前不苟言笑，
萬人崇拜他，只有她，看到他都像恨不得把他大卸八塊，
他不知道自己到底哪裡惹了她，但她不說沒關係，
反正他的法子很多，有的是機會讓她說……

殷肖CP，強勢來襲！／莫顏

肖妃出自皇家兵器庫，由頂級匠師所打造，專門給貴女使用，
因此當她修成人形時，自是兵器譜前十名中唯一的美人，
但她不在乎美人的稱號，她想要的是「最強」，
可無論她如何努力，第一名永遠是那個姓殷的！
她想要的天下至寶，被殷澤搶先一步奪去；
她需要累月經年才能練就的武功絕學，殷澤三天就會了；
她認真經營的人脈，殷澤只需勾勾手指就把人勾走了；
她的手下們，對殷澤比對她這個女主人還要敬畏服從，
她拚盡全力施展武功，他只用一招就制伏她，還將她踩在腳下！
男人崇拜他，女人愛慕他，有他在的地方，她只能靠邊站。
他真是太太太討厭了！
她不屑跟他說話，對他視若無睹，直到有一天……
「我要妳。」
當冷冽狂傲又俊逸非凡的他，直截了當地向她求愛時，
她沒有心花怒放，也沒有臉紅害羞，只有心下陰惻惻的冷笑——
原來你也有求我的一天，看本宮怎麼整死你……

花開兩朵，仍屬一枝／小粽

2024年7月出版

攀龍不如當高枝

再次見到前世夫君，她並非平心靜氣，
可他對往事一無所知，那現在的他又有何錯呢？
如今她已不拘泥兒女情長，只在意同為女子的未來，
而她，將會成為這世上第一株專給女子棲息的良木。

文創風 1276 1

曲清懿前世母妹早亡，父親任由繼母侵吞應屬於她的財產。
本想還能與愛人小侯爺——袁兆偕老一生，卻因身分之差遭構陷，
最終只能委屈為妾，見袁兆再娶正妻，而後孤守空閨而亡。
這世母亡後，她不與父親回京，而是留在外祖家守著妹妹清殊，
妹妹平安長大，性子外放歪纏，卻時時顧念她，最見不得她受委屈，
因此這輩子她的願望，便是保護妹妹周全，使她一世喜樂。
但她得先回到京中奪回屬於自己的權利，才能擁有力量守護，
並在這性別歧視的世道中，逐步為女子鋪路，方能真正完成願望！

文創風 1277 2

穿越後孤兒清殊成了個幸福姊寶，雖說生活中沒有冷氣、冰箱，
又有封建制度的威權，但獲得的親情填滿了她的生活。
在她看來，人無論在哪裡都相同，總是好人占多數，
連傳言不好惹的淮安王世子——晏徽雲，也不過是面冷心熱，
見她們姊妹在雅集宴上受欺侮，嘴上嫌煩，卻願意當靠山幫忙。
小事有姊姊幫，真有人刻意找碴也有世子靠，她日子過得安逸，
整日只顧著吃喝玩樂，在學堂與看得順眼的貴女來往，
直到姊姊遭逢意外、生死不明的消息傳來，她才從安樂中驚醒……

文創風 1278 3

清懿沒想過，這輩子在生死關頭救她的人會是袁兆，
但她清楚，能這樣不知不覺害她的就是前世那位正妻——丞相嫡長女，
她察覺對方身上有些玄妙，袁兆亦想藉此打探丞相一派隱私，
於是雅集宴上她展露潑墨畫梅絕技，並與袁兆配合意圖激怒對方，
可這回「正妻」遲遲未出手，顯然那古怪力量不能隨意使用，
於是她加緊商道的擴展以及設立學堂的事，等再收到袁兆的消息，
卻是他上元節狀告丞相黨羽勾連外敵，反遭貶為庶人一事。
對此事她並不擔憂，她知道他會歸來，而這輩子她也有自己的理想！

文創風 1279 4 完

清殊被選中擔任小郡主的伴讀，在宮中感受到階級的壓抑，
也因禍得福，與晏徽雲互通了心意，為此她深感自己的幸運。
儘管晏徽雲得前往關外駐紮，但權威的庇護使她在宮中如魚得水。
無奈她泡在蜜罐子中長大，忽略了腐朽貴胄的底線，因而被騙遭綁，
所幸對方一時不敢來強，她便迂迴應對，冷靜等到姊姊出手相救。
可她脫逃後不願息事寧人，因為有其他受害者早已慘遭玷污，
這時，她已不在意世俗的眼光，也不在乎是否影響她與晏徽雲的親事，
因為她明白，當隻不咬人的兔子得到的不會是尊重，只會是壓迫！

文創風
1287

娘子出任務 下

國家圖書館出版品預行編目資料

娘子出任務 / 莫顏著. --
初版. -- 臺北市 : 狗屋出版社有限公司, 2024.08
冊 ; 公分. --（文創風 ; 1286-1287）
ISBN 978-986-509-550-5（下冊 : 平裝）. --

863.57 113009729

著作者 莫顏
編輯 王冠之
校對 陳依伶
發行所 狗屋出版社有限公司
地址 台北市104中山區龍江路71巷15號1樓
電話 02-2776-5889～0
發行字號 局版台業字845號
法律顧問 蕭雄淋律師
總經銷 知遠文化事業有限公司
電話 02-2664-8800
初版 2024年8月
國際書碼 ISBN-13 978-986-509-550-5

定價290元
狗屋劃撥帳號：19001626
網址：love.doghouse.com.tw E-mail：love@doghouse.com.tw